dtv

Ein klassischer Anlass zu reisen sind Sorgen. Clarissa ist eine junge Amerikanerin, die sich dummerweise in den falschen Mann verliebte. Mehr als zehn Jahre hatte sie in Europa verbracht, ohne auch nur einmal nach Hause zu fahren. Sie genoß ihr Leben und hatte für Heimweh keine Zeit. Aber Liebeskummer bringt sie dazu, spontan in ein Flugzeug zu steigen, um sich in New York zu kurieren. Irrtümlich landet sie jedoch in Miami, mitten in einem erhitzten Wahljahrsfrühling, und nähert sich auf erstaunlichen Umwegen, immer ausgelöst durch weitere Männer, ihrem eigentlichen Ziel. Für Politik interessiert sie sich eigentlich gar nicht, aber der Zufall will es, dass sie tief in die Wahlschlacht hineingerät. Und dabei ist es gerade ihr völliges Desinteresse, das sie Dinge sehen lässt, die niemand anders wahrnimmt.

Irene Dische, 1952 in New York geboren als Tochter eines Biochemikers (und späteren Nobelpreisträgers) aus Lemberg und einer deutschen Ärztin, lebt seit den achtziger Jahren vorwiegend in Berlin und Rhinebeck/USA. Von Hans Magnus Enzensberger entdeckt, veröffentlichte sie 1989 mit großem Erfolg den Erzählungsband ›Fromme Lügen‹; es folgten zahlreiche Romane und Erzählungsbände. Mit ›Großmama packt aus‹ gelang ihr ein sensationeller, auch internationaler Erfolg.

Irene Dische

Clarissas empfindsame Reise

Roman

Aus dem Englischen von
Reinhard Kaiser

Deutscher Taschenbuch Verlag

Von Irene Dische
sind im Deutschen Taschenbuch Verlag erschienen:
Ein Job (13019)
Großmama packt aus (13521 und 19134)
Loves / Lieben (13665)
Zwischen zwei Scheiben Glück (62070)
Fromme Lügen (13751)
Der Doktor braucht ein Heim (8221 und 13839)

2010
Deutscher Taschenbuch Verlag GmbH & Co. KG,
München

Umschlagkonzept: Balk & Brumshagen
Umschlaggestaltung: Wildes Blut,
Atelier für Gestaltung, Stephanie Weischer
unter Verwendung eines Fotos von Corbis/Bettmann
Satz: Dörlemann Satz, Lemförde
Druck und Bindung: Druckerei C. H. Beck, Nördlingen
Gedruckt auf säurefreiem, chlorfrei gebleichtem Papier
Printed in Germany · ISBN 978-3-423-13904-5

Für Ori – auf seiner Reise

Prolog

»Für mich ist eine Liebesgeschichte gut ausgegangen, wenn ich es bin, die Schluss macht, und er trauert. Wenn beide gleichzeitig Schluss machen, wird es ein Martyrium. Aber in meinem Fall war es noch viel schlimmer. Ich warne Sie – sollten Sie vorhaben, jemanden zu verlassen, in den Sie verliebt sind, lassen Sie sich von ihm bloß nicht in Begleitung seiner Ehefrau zum Flughafen bringen.«

Das war noch nicht alles, was ich bei meinem Nachbarn im Flugzeug loswerden wollte.

»Schlimm genug, dass mich mein Vater damals zum Flughafen brachte, vor zwanzig Jahren, als ich aus Amerika verschwinden musste – immer stehen überall Väter in meinem Leben herum. Auch damals gab es einen Skandal. Ich war fünfzehn. Jetzt können Sie sich ausrechnen, wie alt ich bin. Da staunen Sie, was? Auch wenn ich viel jünger aussehe – ich bin schon fünfunddreißig. Als ich mich zum ersten Mal verliebte, war ich vierzehn und eingesperrt in einem Internat. Ich war Jugendmeisterin in der Liebe. Ein Wachmann von Pinkerton passte auf uns auf. Ich nannte ihn Pinkie. Meine große Liebe. Als die Schulleitung davon erfuhr, erstattete sie Anzeige. Pinkie wurde wegen Vergewaltigung verurteilt. Er kam ins Gefängnis.«

Die gütigen Augen meines Nachbarn – ich leugne nicht (O Ivan!), dass Güte mich anzieht, vor allem jetzt, wo mein Herz so voller Schmerz ist –, diese großen, braunen Augen blickten mich voller Mitgefühl an, als er fragte: »Und was ist dann aus ihm geworden?«

»Aus wem?«, fragte ich.

»Aus Ihrer großen Liebe, Pinkie …, der ins Gefängnis musste.«

»Woher soll ich das wissen?«, erwiderte ich achselzuckend. »Ich kam nachher selbst ins Gefängnis, in ein viel schlimmeres, nämlich nach Stuttgart. Meine Eltern glaubten, in Europa wäre ein Mädchen vor Männern sicher. Ich quartierte mich bei einem steinalten Ehepaar ein. Diese Leute sprachen dauernd über Achtundsechzig, als wäre es das irdische Paradies gewesen, dessen Tore ihnen seither wieder verschlossen sind. Sie waren strenggläubige Progressive. An einem Wochenende ließen sie mich allein nach Berlin fahren, und ich blieb einfach dort. Verliebte mich bei der ersten Gelegenheit. Sich verlieben können ist eine Begabung, und ich habe sie. Bald hatte ich überall in der Stadt meine Liebesbande geknüpft und mehrere Wohnungen zur Auswahl. Ich hatte kein Verlangen, nach Hause zurückzukehren. Doch dann …«

»Jetzt kehren Sie zurück«, sagte mein Nachbar, und voller Güte berührte er meine Hand und lehnte sich zu mir herüber. Ich sollte leiser sprechen. »Warum kehren Sie zurück?«

Anfangs war mir sein Akzent gar nicht aufgefallen. Ich hatte ihn für einen Amerikaner gehalten – einen lockigen, drahtigen, munteren jungen Amerikaner mit Augen wie Kupfermünzen, meinem Pinkerton-Mann gar nicht so unähnlich und ungefähr so alt wie er damals. Nun aber vernahm ich zu meiner Bestürzung einen unverkennbar skandinavischen Tonfall. Kein Zweifel, ein Däne. Dänen waren immer freundlich, und Lächeln war das Kleingeld ihrer Höflichkeit. Ich antwortete trotzdem.

»Wieder wegen eines Skandals«, sagte ich. »Aber diesmal ist es ein innerer, und das ist viel schlimmer. Ich habe mir erlaubt, mich in den falschen Mann zu verlieben. Er ist verheiratet.« (Eine dürftige Beschreibung von meinem Ivan, aber sie musste reichen.)

Ich verkündete: »Neben Ihnen sitzt eine tiefunglückliche Frau. Ich habe mir New York als Medizin verschrieben. Ich bin dort aufgewachsen, und ich weiß, New York, wenn es stark ist, kann einen hungrigen Löwen derart ablenken, dass er die Beute zwischen seinen Zähnen vergisst. Ich bin genauso, wenn ich stark bin. Aber New York ist im Moment schwach. Die New Yorker haben sich – wie ich mich auch – blamiert. Sie haben einen Krieg verloren, gegen den sie sich nicht gewehrt, den sie sogar gewollt haben, weil sie glaubten, sie würden ihn gewinnen. Jetzt stehen sie unter Schock, und ihnen schlackern die Geldbeutel. Einen Krieg oder all seine Ersparnisse verlieren ist natürlich nicht zu vergleichen mit dem Verlust einer Liebe, aber ein gemeinsames Klagelied können wir trotzdem anstimmen. Eine Woche dort müsste ausreichen. Ich habe Ivan ewige Liebe versprochen, aber nun will ich ihn für immer vergessen. Er ist Dichter, experimentelle Lyrik, und er stammt aus Minsk, entsetzlich. Wo andere Leute Bankkonten haben, hat er Publikationen und Frauen, lauter nette Frauen, auch Kinder, und dann hatte er noch die Idee, ein Auge auf mich zu werfen, dabei bin ich halb so alt wie er. Und ausgerechnet an diesen Mann habe ich mein Herz verloren. Peinlich. Ich will mich nie wieder in einen Europäer verlieben. Ich will sogar nie wieder mit einem reden. Mein Handy habe ich am Flughafen entsorgt. Zusammen mit meinem iPod. Friede auf Erden. Bloß kann ich jetzt auch kein Radiohead mehr hören.«

Damit hatte ich meinen Vorrat an Gehässigkeit erschöpft und fühlte mich entsprechend müde. Der Jetlag kündigte sich an. Ich sank in meinen Sitz zurück und ein wenig zur Seite, und langsam rutschte mein Kopfpolster nach unten, auf die breite Dänenschulter zu. Bald glitt mir ein Arm um den Rücken, und ich fühlte mich ermutigt, den Kopf weiter sinken zu lassen, bis er sich bequem an den Hals meines Nachbarn schmiegte. Tief atmete ich den Duft seiner Haut ein; er gefiel mir und erinnerte mich wieder an meinen Kummer, an das Versprechen, das ich mir gegeben hatte: Ivan niemals zu vergessen. Im wohligen Dämmer ging dieser Gedanke in einen anderen über. Dieser Däne war zu hübsch und zu nett, um sich für Frauen zu interessieren. Also ergab sich aus meiner aktuellen Lage auch kein Risiko für meine Vorsätze.

Und dann flüsterte er mir ins Ohr: »Aber wenn Sie sich in New York kurieren wollen, warum fliegen Sie dann nach Miami?«

Miami

Der amerikanische Zoll trennte mich von dem schönen Dänen. Ich machte mir Vorwürfe, weil ich seine Anwesenheit in der ersten Klasse nicht hinreichend gewürdigt hatte. Er hatte auf der anderen Seite des Gangs gesessen, allein. Stunden früher hätte ich mich zu ihm setzen sollen, statt über den öden Lyrikbänden zu brüten, die mir Ivan zum Abschied geschenkt hatte. Ich mag Geschenke, aber ein Buch, das man auch noch selbst geschrieben hat, ist ein vergiftetes Geschenk – vergiftet mit Ansprüchen. Ivan hatte mich oft dafür gelobt, dass ich so höflich sei, selbst keine Gedichte zu schreiben. Es sei schiere Aufdringlichkeit, unbedingt etwas veröffentlichen zu wollen und dann zu erwarten, dass andere es lesen. Für ihn selbst galt das natürlich nicht. Er *müsse* schreiben, sagte er. Er sei der Sklave seiner verrückten Leser, die es von ihm verlangten. Für sich selbst eine Ausnahme zu machen ist natürlich die Regel. Es gefiel ihm, dass ich mich offen weigerte, seine Sachen zu lesen, denn daraus schloss er, dass ich ihn wegen seines Körpers liebte. Trotzdem glaubte er offenbar, dass nur seine Gedichte, nicht seine Schönheit, dauerhaft Bestand haben würden. Aber vielleicht waren die Lyrikbände auch eine Idee seiner rachsüchtigen Frau gewesen. So blätterte ich darin und sah mir gleichzeitig einen Hollywood-Thriller nach dem anderen an. Dem Dänen hatte ich mich erst gewidmet, nachdem ich mir im Gang die Füße vertreten und eine unerwartete Turbulenz mich in den Sitz neben ihm geworfen hatte. Deshalb begann unsere gemeinsame Zeit leider erst kurz vor dem Landeanflug auf Miami. Als ich dann beim Aussteigen zu meinem Platz zurückkehrte, verlor ich wertvolle Sekunden damit, Ivans Bücher in den Gratiskulturbeutel zu stopfen, den man auf dem Sitz liegen lassen darf, und der Däne glitt an mir vorüber. Ich hatte nur Handgepäck, und es wäre einfach zu peinlich gewesen, seinetwegen noch am Gepäckband herumzulungern. Außerdem machte mich das Englisch um mich herum irgendwie benommen. Die Wörter kamen mir vertraut und gleichzeitig unheimlich vor, wie ein Gesicht, das man jahrelang nicht gesehen hat. Die Kassiererin hinter dem Bankschalter fragte mich: »Was kann ich für dich tun, Honey?«

Honey. Seit Ewigkeiten hatte mich niemand mehr so freundlich angesprochen. Vielleicht fand sie mich ja attraktiv. Obwohl ich mich überhaupt nicht für Frauen interessiere, sprach mein Herz sofort darauf an, und ich händigte ihr alle meine hübschen Euros aus. Mir fiel ein, dass ich in Miami kein einziges Hotel kannte und nicht mal wusste, welches Stadtviertel überhaupt in Frage kam, und mein Mann, auf dessen praktische Ratschläge in solchen Fragen ich mich immer verlassen konnte, war Tausende Meilen weit weg, in Berlin, und schlief wahrscheinlich längst. Einen Moment lang fehlte er mir. Es wäre schön gewesen, wenn er mich am Flughafen abgeholt hätte. So viele Monate hatte er auf mich gewartet – darauf, dass Ivan genug von mir hatte oder ich von ihm. Geduld war seine taktische Waffe.

Mein Hans! Ihm gehört der größte Teil meines Herzens. Hans ist ein Engel, ein schlankes, hochgewachsenes Geschöpf mit sonnengelben Locken auf dem Kopf, aber erdbraunen Augen. Sie sind das einzige Überraschende an ihm. Dazu ein Gesicht, das aussieht, als hätte ein Illustrator es für eine Kinderbibel gezeichnet – Nase und Mund geometrisch vollkommen, schneeweiße Zähne, obwohl er sie kaum zur Schau stellt, wenn er lacht. Statt Engelsflügeln trägt er teure Anzüge. Er ist stets glatt rasiert, und seine sauberen Hände überzieht ein Geflecht von dicken, himmelblauen Adern. Beruf: Gutverdiener. Professor. Handchirurg, auf minimal-invasive Behandlungsverfahren spezialisiert. Ständig blickt er schönen Frauen auf die Hände, das Übrige sieht er nur, wenn sie etwas von japanischen Holzschnitten aus der Meiji-Zeit verstehen. Er ist Sammler. Die Wände in seiner Praxis hängen voll mit dem Zeug, größtenteils blutrünstige Szenen aus dem Chinesisch-Japanischen Krieg. Ich selbst habe mir nie etwas daraus gemacht, aber abgesehen von dem spürbaren Wunsch, ich möge meine Ahnungslosigkeit für mich behalten, nimmt er es mir nicht übel, dass ich seine zweite Leidenschaft nicht teile. Ich bin und bleibe seine erste. Wir sind nun schon sechs Jahre verheiratet, und seiner Begeisterung für mich konnten diese Jahre nichts anhaben. Hätte er mich jetzt sehen können, er hätte mich in die Arme genommen und vor Zärtlichkeit fast erdrückt. Er hatte mir das Erste-Klasse-Ticket nach Amerika gekauft und zugelassen, dass Ivan mich zum Flughafen brachte. Er würde später versuchen, mich anzurufen, um zu hören, ob ich gut angekommen sei. Er war sehr geduldig mit mir, in vielerlei Hinsicht. Seine Strategie mir gegenüber war ebenfalls minimal-invasiv. Manchmal träumte ich davon, er würde mich vor die Tür setzen.

»Warum nach Miami?«, hatte mich der Däne gefragt. Die Antwort war einfach: Ich wollte das Ankommen in New York abfedern, ich wollte die Stadt mit meiner Heimkehr beglücken, nicht erschrecken. Seit Jahrzehnten war ich nicht zu Hause gewesen. Außerdem war ich vor enttäuschter Liebe ganz blass, in jeder Hinsicht, und brauchte ein bisschen Bräune im Gesicht. Ich hatte Ivan geschworen, ich würde seinetwegen ewig unglücklich sein, aber deswegen musste ich ja nicht gleich todkrank aussehen. Ich beschloss, meinem Mann bei der ersten Gelegenheit ein liebes E-Mail zu schreiben. Bestimmt hatte er mir auch geschrieben. Neun quälende Stunden lang hatte ich nicht nach meiner Post gesehen.

Die Tasche voll grün-grau uniformierter Dollarscheine, marschierte ich in die Hitze hinaus und bestieg das erstbeste öffentliche Verkehrsmittel, das in Sicht kam. Ein

Ofen auf Rädern. Ein Bus mit kaputter Klimaanlage. Dies war nicht das Amerika, an das ich mich erinnerte – ein Land, in dem eine defekte Klimaanlage mit dem gleichen Ernst behandelt wurde wie ein Fall von akuter Atemnot. Aber an vieles erinnerte ich mich nicht mehr und war auch nicht auf den Spuren der Erinnerung unterwegs. Im Unterschied zu den meisten Menschen, die ich kenne, pflege ich keine empfindsamen Beziehungen zu meiner Kindheit. Wie man sich dahin zurückwünschen kann oder auch nur zurückblicken will, ist mir unbegreiflich.

Ich suchte mir einen Platz im vorderen Teil des Busses, setzte ein ansprechendes Gesicht auf und wartete auf den männlichen Fahrgast, der demnächst einsteigen und sich den Platz neben mir aussuchen würde. Ich wollte meine Muttersprache ausprobieren. Die junge Frau, die sich schließlich auf den Sitz neben mir sacken ließ, kannte ich. Sie war in der Maschine aus Frankfurt gewesen, aber hinter mir eingequetscht, in der *business class*, und hatte ebenfalls nur Handgepäck dabei. Ihr Gesicht besaß die amerikanische Vollkommenheit – kleine, zierliche Nase, perfekte Zahnreihe und schwarzes Haar, das glänzte wie heißer Teer. Seufzend griff sie sich mit einer völlig unamerikanischen, melodramatischen Geste an die Brust. Aha, dachte ich, der gleiche Kummer wie bei mir.

»Was führt Sie nach Miami?«, fragte ich.

»Brustvergrößerung«, sagte sie und tätschelte ihren Busen. »Morgen früh werden die Fäden gezogen.« Sie sprach mit einem breiten russischen Akzent. Er erinnerte mich an meinen Ivan.

»In Deutschland gibt es keine zuverlässigen Ärzte«, verkündete sie. »Wir gehen alle nach Miami. Zu Doktor Haimowitz. Ich bleibe eine Nacht, dann fliege ich zurück.«

»Sind Sie jüdisch?«, rief ich überrascht.

Sie lachte genüsslich über meine Frage, tippte sich an die Nase und sagte: »Die stammt auch von Doktor Haimowitz.«

Sie nannte ihren Namen, Ivana, und empfahl mir ein Hotel am Strand, das von einem russischen Ehepaar betrieben wurde. Trotzki habe in den Vierzigern ein paar Tage dort verbracht. Dort werde sie wohnen.

Nachdem Ivana festgestellt hatte, dass wir beide fünfunddreißig waren, zwei Schönheiten, deren Horoskope zueinander passten, die den gleichen Blackberry benutzten und beide langes Lockenhaar hatten (meines »kupferrot«, frisch aufgelegt), machte sie den Vorschlag, wir könnten uns doch ein Zimmer teilen. So würden wir Geld sparen und nicht allein sein. Sie war gerührt, als sie hörte, es sei meine erste Heimkehr seit zwanzig Jahren.

»Du musst tief eintauchen und so lange unten bleiben, wie du kannst«, erklärte sie. »Wenn wir im Hotel sind, kümmerst du dich erst mal um deine Mails. Aber dann sehen wir uns Game Shows an. Einen besseren Einstieg nach Amerika gibt es nicht. Wir lassen den Fernseher die ganze Nacht laufen, dann stört uns der Ozean nicht. Der macht einen ziemlichen Lärm in diesem Hotel. Und morgen frühstücken wir zusammen – sie nennen es *breakfast bar,* aber Alkohol servieren sie keinen, den müssen wir selbst mitbringen.«

Sie fügte hinzu: »Neben mir im Flugzeug saß ein Banker. Er sagte, ich solle mein ganzes Geld lieber heute als morgen von der Bank und der Börse nehmen und in die Matratze stopfen. Demnächst würde die Weltwirtschaft zusammenbrechen. Ich sagte ihm, ich hätte eine bessere Idee, was ich mit meinem Geld machen könnte.« Sie legte ihre Hände an die Wangen und schob sie nach oben.

Sonderbarer Zufall, dachte ich später. Da laufe ich einem

Ivan davon und verbringe meine erste Nacht in Amerika in einem Kingsize-Bett mit einer Ivana – die in ihrer Betthälfte schon bald so schnarchte wie Ivans alter sowjetischer Rasierer. Bestimmten Fügungen entkommt man nicht. Sie sind stärker als jede Wahrscheinlichkeit. Über dem Fernsehen vergaß ich das Internet. Und um meinen Schönheitsschlaf nicht zu verpassen, schluckte ich ein paar Rohypnol.

Ich sehnte mich danach, die Luft der Freiheit zu atmen. Ich hätte es mit dem Dänen probieren sollen. Ich hätte ihm ein bisschen Glück schenken können.

Vorbestimmung

Wenn man reist, tritt sie zutage. Manchen Leuten ist es vorbestimmt, im Leben groß zu gewinnen oder zu verlieren. Wenn sie verreisen, kommen der Airline unweigerlich ihre Koffer abhanden, aber im Flugzeug sitzen sie neben jemandem, der sich als nützlich erweist und mit einem guten Vorschlag ihr Leben zum Besseren wendet. Mein Schicksal ist es, von Juden umgeben zu sein. Ich bin schon unter ihnen zur Welt gekommen, und wenn ich jetzt auf Reisen bin, laufe ich ihnen ständig über den Weg. Ich könnte zum Nordpol reisen – bestimmt würde ich dort auf einen Juden treffen. In Deutschland hat es mir schon deshalb so gut gefallen, weil ich ihnen dort nicht ständig begegnet bin. Und dann gelang es mir auch noch, einen deutschen Handchirurgen mit Turmschädel zu heiraten. Aber mit der Zeit fand ich auch Freunde, und ohne dass ich irgendetwas dazu beigetragen hätte, ergab es sich, dass alle meine Freunde jüdisch waren. Es ist natürlich betrüblich, wenn die Juden in Deutschland derartig zusammenglucken, dass sie sich nicht nur ihre Freunde, sondern auch ihre ärgsten Feinde in den eigenen Reihen suchen. Mein Ivan zum Beispiel wurde von einem jüdischen Kritiker verfolgt. Das ärgerte ihn dermaßen, dass er sich einen Atlas vornahm, und nachdem er festgestellt hatte, dass Schottland in Europa das Land mit den wenigsten Juden war, plante er eine Reise dorthin, um seine Nerven ein bisschen zu beruhigen. Aber auf dem Schiff lief ihm dann schon wieder einer über den Weg – nämlich ich. Er hatte den Fehler begangen, mir seine Reisepläne zu verraten. Wir hatten eine herrliche Zeit.

Hätte ich gewusst, dass Ivan jüdisch war, hätte ich meine erste Begegnung mit ihm bestimmt nicht so leicht genommen. Er hatte eine Lesung, und eine meiner zahllosen Freundinnen bat mich mitzukommen, weil sie gelegentlich mit ihm schlief und seine Frau auch dort sein würde. Natürlich tat ich Alice den Gefallen. Ihr war es vorbestimmt, sich in berühmte Männer zu verlieben. Sie war fünfundzwanzig, als sie mir sagte, falls sie jung sterben müsse, dann, bitte, bitte, lieber Gott, in den Armen eines berühmten Mannes. Mir gefiel ihre Aufrichtigkeit in dieser Frage, und ich kam gern mit, um seine Frau zu begutachten und das eheliche Verhältnis unter die Lupe zu nehmen. Da er mir gleichgültig war, würde ich objektiv urteilen können.

Wie sich herausstellte, war dieser Ivan ein Star. Der Buchladen war brechend voll – lauter Leser, die ihn sich einfach mal anschauen wollten. Dabei gab es gar nicht viel zu sehen. Ein kleiner, älterer Herr, anscheinend überrascht von der großen Aufmerksamkeit, die ihm entgegenschlug, trat zögernd ein, als würde er am liebsten gleich wieder kehrtmachen.

Die Dichtergattin ging knapp hinter ihm. Sie wirkte noch befangener als er – als wären alle ihretwegen gekommen. Neben ihm verströmte sie den Charme eines Bürohauses, das Haar hatte sie zu einem grauen Turm aufgestülpt. Er sah sich ständig nach ihr um, mit einer besorgten Miene, die sie nicht zur Kenntnis nahm. Während sie sich einen Platz im hinteren Teil des Ladens suchte, trippelte er allein nach vorn, wo ein Podium errichtet war. Noch einmal blickte er zu seiner Frau hinüber, die auf die Uhr schaute. Ich sah Alice an und machte das Siegeszeichen. Alices Geschmack war mir zwar rätselhaft, aber die Gattin war kein Problem.

An jenem Abend las der Dichter, der wenig später meiner werden sollte, ungefähr fünfundvierzig Minuten lang aus seinem Werk. Er saß auf einem Stuhl, der Oberkörper von einem unsichtbaren Strick gefesselt, die Schultern krumm, die Hände an sein Buch geklammert. Er las Deutsch, eine Übersetzung. Trotzdem verstand ich kein Wort. Die Schwerkraft presste meine Knochen gegen die Oberfläche eines Stuhls, der mit jeder Minute härter wurde. Ich war Alice zu einem Platz in der Mitte einer Reihe gefolgt. Eingemauert von anderen Zuhörern, die sich in der gleichen hoffnungslosen Lage befanden, musste ich meinen Fluchtreflex unterdrücken.

Plötzlich erhob sich die Gattin, quetschte sich zwischen den Stuhlreihen hindurch und ging hinaus. Ivan unterbrach seinen Vortrag und sah ihr nach. Dann las er weiter. Sein Körper schien sich zu lockern, als hätte seine Frau den Strick mitgenommen. Er lehnte sich zurück und lächelte. Wenig später bat er um Entschuldigung und zündete sich eine Zigarette an. Er fühlte sich jetzt richtig wohl.

Nach der Lesung stellte sich Alice bei den Autogrammjägern an. Sobald sie an der Reihe war, blickte er sich in dem Pulk von Verehrern um, und als er feststellte, dass seine Frau sich nicht unter ihnen befand, nahm er Alices Hand und drückte sie. Dann wanderte sein Blick zu mir, und er ließ ihre Hand wieder los. O Ivan, du Miststück!

Später erfuhr ich, dass seine Frau nach Hause gefahren war, um mit Hilfe ihrer beiden ältesten Töchter seinen Schreibtisch und seine Aktentasche zu filzen und herauszufinden, wo sich sein Herz in letzter Zeit aufhielt. Ein Dichter aus Minsk verliebt sich nicht einfach, um Sex zu haben oder sich in irgendwelche Dramen zu verwickeln, wie man meinen könnte. Nein, er verliebt sich, um Liebesgedichte zu schreiben.

Ivan war so umsichtig gewesen, seinen Schreibtisch abzuschließen. Mutter und Tochter waren so raffiniert, ihn mit einem Schraubenzieher aufzubrechen. Doch dann stellte sich heraus, dass der Schreibtisch leer war, weil Ivan in seiner Zerstreutheit vergessen hatte, sein Notizbuch hineinzuschieben. Er hatte es in die unverschlossene Aktentasche gesteckt, wo es die Damen dann auch bald fanden – vollgestopft mit fein gedrechselten metrischen Angaben über Alice. Der Laptop hingegen erwies sich als undurchsuchbar. Nachdem sie ihn eingeschaltet hatten, wussten sie nicht, wie sie die Programme öffnen sollten und, noch schlimmer, wie sie ihn wieder ausschalten konnten, sodass auch noch der Student von nebenan zu Hilfe gerufen werden musste. Als Ivan nach Hause kam, machte ihm seine Frau eine Szene à la Russe, warf ihm erst Beschimpfungen und dann sein zerfetztes Notizbuch an den Kopf. Er beteuerte, mit Alice sei es aus. Das stimmte. Es hatte mit mir angefangen. Beim Frühstück war das Familienleben wieder im Lot. Frauen aus Minsk sind nur pro forma eifersüchtig.

Seither widerfuhr mir alles, was meine Vorbestimmung

vorgesehen hatte, und ich litt, weil ich mich einmal zu oft verliebt hatte. Alice dagegen litt nicht lange. Sie war jung und hübsch und fand leicht einen anderen alten Promi, den sie sich mit seiner Ehefrau teilen konnte. Mir allerdings verzieh sie nie. Aber das machte mir am allerwenigsten aus.

Während der ersten Nacht, die ich wieder in Amerika verbrachte, hatte ich durchgeschlafen, ungestört vom hustenden, würgenden Ozean. Als mir die ersten Sonnenstrahlen über das Gesicht harkten, wachte ich auf und hatte wie immer Ivans Namen auf den Lippen. Ich wusste nicht, wo ich war. Ja, ich wusste kaum, wer ich war. Bloß immer Ivan, Ivan, Ivan.

Clarissa, sagte ich zu mir – Clarissa, steh auf!

Wenn man verrückt vor Liebe ist, finde ich es wichtig, dass man seinen eigenen Namen so oft wie möglich ausspricht, damit die Prioritäten klarbleiben. Clarissa, du hast schon wieder verschlafen! Und wo diesmal? Ich sah mich im Zimmer um. Die Vorhänge waren aufgezogen. Hotelmobiliar. Ein großes Bett, halb leer. Miami, Ivana, gestern Abend Fernsehen. Und Ivan war für immer aus meinem Leben verschwunden. Ich richtete mich auf. Meine Bettgenossin war genauso abwesend. Aber sie hatte einen Zettel auf dem geschlossenen Klodeckel hinterlassen.

»Guten Morgen. Bye-bye. Ivana.«

Ich machte mich sorgfältig zurecht, zog das schlichte weiße Hemdkleid an, das meine Wespentaille und die wohlgeformten Beine zur Geltung bringt, bürstete meinen kupferroten Schopf zu einem Schlafzimmerlook und ging frühstücken. Ich war fest entschlossen, mir ein bisschen Bräune auf die Wangen zu holen und meine Reise nach New York dann möglichst rasch fortzusetzen.

Miami
Frühstück

Nichts erfüllt mich so sehr mit Panik wie die Ungewissheit, was das nächste Frühstück bringen wird. In einem amerikanischen Hotel braucht man sich deshalb aber keine Sorgen zu machen. In diesem hier hatte man in der Lobby eine Festtafel aufgebaut, mit reinem, weißem Toast, silbernen Schälchen voller Rahmkäse und rubinroten voller Marmelade, dazu einer riesigen Platte seidig glänzender Donuts, jeder von ihnen ein Ruhekissen für die müde Zunge. Auf einem Beistelltisch reihten sich, hübsch wie Brautjungfern, Gläser mit Cornflakes. Überall standen Karaffen mit orangeroten und rosa Säften und weißer Milch, überragt von einem schweren, silberfarbenen Kaffeespender. Feierlicher Muzak rieselte aus Lautsprechern von der Decke. Ich schritt den Mittelgang entlang. Welche Freude: Selbstbedienung! In diesem Punkt bin ich mit meiner Freundin, der Gräfin M***, ganz einer Meinung. Wenn es ums Essen geht, verlasse ich mich nicht gern auf fremde Hände. Sie können gefährlich langsam sein und sind imstande, mit Tellern zu erscheinen, auf denen winzige Portionen dekorativ, wie für die Ewigkeit, zu einem Stillleben angeordnet sind. Im alten Europa, wo selbstquälerische Essgewohnheiten vorherrschen, gilt es als tugendhaft, sich bei Tisch zu unterhalten, statt zu essen, wenn man hungrig ist. Ich glaube nicht ans Fasten. Leute, die sich absichtlich etwas, nach dem es sie verlangt, vorenthalten, bloß um einem natürlichen Verlangen Widerstand zu leisten, haben in meinen Augen keinerlei Recht, sich moralisch überlegen zu fühlen. Ich weise Speisen nur zurück, wenn ich nicht bei Bewusstsein bin. Essen macht mich nicht dicker, nur freundlicher. O Ivan, ein Jahr lang warst du so stolz auf meine Figur.

Als ich das Bankett verließ, begegnete ich in der Hotellobby meinem Spiegelbild, und plötzlich war mir, als sei Ivan da und könne es sehen. Ich posierte für ihn: ein Bein vor. Ich strich mir über die Lippen, über das Gesicht, die glatte, faltenlose Haut. Er hatte ja keine Ahnung, welche Maßnahmen erforderlich waren, um sie in diesem Zustand zu erhalten. Ich lauschte auf sein Kompliment. Welche Pein, ihn in unserem imaginären Dauergespräch an mein Aussehen zu erinnern, und er antwortet nicht. Ich brauchte Ablenkung.

Ein Fernsehapparat hing an der Wand, wie eine kleine Kirchenkanzel. Ein paar alte Leute hatten sich darunter Plastikstühle zurechtgerückt und starrten gebannt auf den Bildschirm.

»Da wird Obama einiges erklären müssen«, sagte jemand.

»Obama hat den falschen Pastor«, sagte ein anderer.

Der Name kam mir vertraut vor. Obama. Das klang fast wie Odiambo. Ein Luo-Name. Ich war mal in einen Odiambo verliebt gewesen, und zwar lange genug, um zu erfahren, dass so ziemlich jeder afrikanische Name, der mit O anfängt, ein Luo-Name ist und dass die Luo als Fischer in Kenia leben und niemandem zur Last fallen. Mein Odiambo war als Baby-Souvenir eines Ehepaars nach Europa gekommen – zwei Paläontologen, die ihn ihrer Haushälterin abgeluchst hatten. In Frankfurt wurde ihm eine liberale Erziehung zuteil, und als er fünfzehn war und in den Sommerferien als Page in einem Hotel jobbte, rundete ich als ältere – nein, als erfahrenere Frau seinen Bildungsgang ab, nachdem ich an der Art, wie sich seine dunkle Hand um den Griff meines Koffers legte, seine natürliche Begabung erkannt hatte.

Die Lebensgeschichten anderer Leute interessieren mich eigentlich nicht besonders, aber es gehört offensichtlich zu meiner Vorbestimmung, dass sie mir immer wieder erzählt werden. Also füge ich mich in das Unvermeidliche und kann mir meistens sogar Einzelheiten merken. Odiambo war bei einem öden Ausflug nach Frankfurt meine Rettung gewesen, und die Stunden mit ihm waren wie eine sehr viel längere Reise nach Afrika. Seit damals ist sein Name das Wehmutsregister an der großen Orgel meiner Gefühle, auf der ich täglich spiele. Der Name »Obama« brachte es zum Klingen.

Obamas Stimme war sanft und sonor, und als ich noch gar nicht zu ihm aufblickte, wusste ich schon, dass er attraktiv war. Er sprach über den Rassismus in Amerika, über eine Großmutter, die zugegeben hatte, dass sie sich vor schwarzen Männern fürchtete, und darüber, dass er sie trotzdem liebte. Ich bin für alles offen, und ich wunderte mich nicht, dass ein Luo in fließendem amerikanischen Englisch im Fernsehen über seine rassistische weiße Großmutter sprach.

Plötzlich fuhr ein alter Mann hoch und stand schwankend über seinem Krückstock, während er die anderen ankläffte: »Pervers ist das! Der ist Moslem. Sein Vater stammt aus Kenia, auch ein Moslem – aber keiner stört sich dran. Ihr seid alle pervers, euch so was anzusehn – diesen Al-Qaida-Agenten. Sobald er im Amt ist, wird er seine wahre Farbe sehen lassen. Islamgrün!« Zwischen den klirrenden Treffern seines Stocks auf dem Fußboden schlurfte er wütend davon.

Die alten Leute sahen einander kurz an, schüttelten die Köpfe und wandten sich wieder dem Fernseher zu. Eine Frau sagte: »Versetzt euch doch nur mal in seine Lage – jeden Morgen aufzuwachen und zu wissen, dass man achtundachtzig ist. Da hättet ihr auch schlechte Laune.« Sie war gut gelaunt und sah aus, als wäre sie mindestens achtzig.

»Die einen freuen sich, wenn sie aufwachen, die anderen nicht«, sagte ich, obwohl mich keiner gefragt hatte. »Mit dem Alter hat das wenig zu tun, dafür umso mehr mit dem Frühstück, der Vorfreude darauf. Sterben kann man jederzeit. Alte Leute haben darauf kein Monopol. Ich habe nicht vor zu sterben, nur weil mir gerade das Herz gebrochen ist.« Ich wischte mir ein paar Donutkrümel vom Mund. »Keine Sorge, Obamas Daddy kann kein Moslem sein. Die Luo haben ein ganzes Dutzend Götter, die sie anbeten. Sogar einen für Sex.« Die alten Leute sahen mich verwundert an – ausnahmsweise sprach mal ein Enkelkind zu ihnen.

Es war Zeit aufzubrechen. Ich googelte noch nach Obama und stellte fest, dass er eine riesige Fangemeinde hatte. Die Einladung, seiner Mailing-Liste beizutreten, nahm ich an. Als ich an der Rezeption meine Rechnung bezahlen wollte, stellte sich heraus, dass die liebenswürdige Ivana sie schon für uns beide beglichen hatte.

Zukunftsvisionen

Während ich den Strand entlangschlenderte, eine Autobahn aus Sand, auf der gelegentlich ein Jogger vorüberflitzte, hatte ich zwei Zukunftsvisionen, die mich in eine interessantere Umgebung versetzten.

Zukunft 1. Ein Theater. Donnernder Applaus. Zwölf Jahre sind vergangen. Obama ist Präsident, kurz vor dem Ende seiner dritten Amtszeit. Ein Wintertag in New York. Die Leute tragen feste Schuhe und Abendkleider. Ihre klatschenden Hände sind rissig von der Kälte. Die schmale Gestalt auf der Bühne beugt sich mehrmals in den Applaus. Der Mann sieht unglücklich aus. Ich dränge mich nach vorn zur Bühne, sie ist bloß dreißig Zentimeter höher als der Boden, aber das reicht, um der Hauptperson mehr Größe zu verschaffen. Ich blicke hinauf in dieses vertraute Antlitz. Das Alter hat seine Züge zersprengt. Und doch erkenne ich es wieder, dieses Gesicht. O Ivan.

Er bemerkt mich. Er kann es nicht glauben. Er starrt mich an. Er vergisst, wo er ist. Er streckt mir seine Hand entgegen. Schon heute hat er die alte Hand eines Siebenundvierzigjährigen. In zwölf Jahren wird es eine Knochenhand sein. Er zieht mich zu sich herauf. Ich steige auf die Bühne. Ich trage ein einfaches schwarzes Kleid. Diesmal bevorzuge ich dezente Kleidung, ich will nicht eitel wirken. Seine rostfarbenen Augen haben sich in meinen verhakt. Er murmelt: »Könnte man sagen, ich war zwölf Jahre im Gulag, und du hast auf mich gewartet?« Bevor ich antworte, fällt mir ein, dass ich in zwölf Jahren selbst siebenundvierzig sein werde. Aber zum Glück werde ich nicht einen Tag älter aussehen als heute. Ich antworte: »Ja, ja.«

Zukunft 2. Ein Theater. Donnernder Applaus. Die Ehefrau sitzt in der Menge, in der letzten Reihe, mit eisigem Blick. Diesmal nur ein paar Monate weiter auf der Rennbahn der Zeitlichkeit. Die Frau ist hochschwanger, eine ärgerliche Überraschung für mich, aber dann wird mir klar, dass sie bei der Geburt sterben wird. Kein guter Augenblick, Ivan wissen zu lassen, dass ich in der Stadt bin, aber auch kein schlechter. Er soll wissen, dass ich da bin und dass er auf mich bauen kann. Ich zahle auch den Höchstpreis, wenn es sein muss. Ich werde mich um das Neugeborene kümmern wie um mein eigenes. Ich gehe auf ihn zu.

Während ich noch in diesen Phantasien versunken war, klopfte mir etwas auf die Schulter. Es dauerte einige Zeit, bis ich es registrierte. Dann wandte ich mich um.

Ein Gentleman in Jeans sah mich mit einem blendenden Lächeln an – Zähne wie aus einer Zahnpastareklame. *Å min gud!* Es war der Däne. Wie hatte er mich gefunden? Ob auch er die ganze Zeit nur an mich gedacht hatte?

Miami
Danish

»Kommen Sie, trinken Sie einen Kaffee mit mir«, sagte er. Seine direkte Art gefiel mir. Ivan verrenkte sich immer. Aber das war seine Masche. Er umtanzte die Frauen, einen Schritt vor, einen zurück, bis sie ausflippten. Nach einem ersten Kuss schickte er ihnen seine Gedichte auf CD. Eine kleine Schmeichelei, die nicht viel bewirkte. Dann, nach einem zweiten, flüchtigen Kuss, etwas hektischer, aber auch nicht überwältigend, schickte er die gleiche CD in lauter kleine Stücke geschnitten, dazu ein Kärtchen: »Mein Herz.« Wer konnte da noch widerstehen?

Der Däne nahm meine Hand und führte mich aus dem Sand zurück auf den Gehweg. Die Hand eines Fremden zu halten ist eine besonders raffinierte Art von intimer Kommunikation. Seine Hand war ein Hinweis auf alles, was er sonst noch war. Kräftige, bewegliche Finger. Ein weicher Handteller. Jung. Diese Hand hatte noch kein Baby gewickelt: jungfräulich war sie. Er wolle wissen, was genau ich in Florida täte, und es sei an der Zeit, dass ich es ihm sage. Ich analysierte seinen Händedruck und kam zu dem Schluss, dass er mich schon mit allem, was ich war, in den Armen hielt. In dieser Umarmung bugsierte er mich zu einem Café und ließ mich erst an einem schmuddeligen Tisch wieder frei. An der Wand hing eine Speisekarte in Spanisch, und auch die Kellnerin sprach vermutlich kein Englisch. Obwohl sie schon über fünfzig sein musste, war sie noch nicht völlig aus dem Leim, und es ärgerte mich, als der Däne ihr einen Aber-Hallo-Blick zuwarf, der sie dann auch tatsächlich an unseren Tisch lockte. Die nackten Glühbirnen, die von der Decke hingen, bestrahlten die Faltenlandschaft ihres Gesichts. Sie brachte Eiswasser – eine amerikanische Spezialität, herrlich!, wie sehr habe ich das in Europa vermisst! –, und wir bestellten jeder einen Kaffee.

»Bitte beeilen Sie sich«, fügte ich hinzu. Aber sie schien nicht zu verstehen, was ich meinte.

»Wie heißen Sie?«, fragte sie den Dänen. Sie war mir zuvorgekommen.

»Rommel«, antwortete er.

Ich drehte mich demonstrativ zu ihr hin.

»Und ich heiße Clarissa!«

Dann erst zuckte ich zusammen. Er sah es und fügte hinzu: »Rommel bin Yusuf Abu-Nasri.«

»Wollen Sie *Danish pastry,* Rommel?«, fragte die Kellnerin.

»Zwei Stücke, bitte«, sagte ich.

Mein Begleiter streckte die Hand über den Tisch und

berührte meinen Handrücken mit dem Zeigefinger. »Du bist überrascht.«

»Du hast einen arabischen Namen. Abgesehen von dem Rommel.«

»Stimmt.« Er zog die Hand zurück und setzte sich wieder aufrecht hin.

Miami
Ronny

Ich halte nichts davon, etwas nicht auszusprechen, weil es peinlich sein könnte. Invalide sprechen gern über ihre Behinderung. Ich lenke immer voll drauf zu – »Was ist denn mit Ihren Beinen passiert?« – und werde dafür unweigerlich mit ihrer Dankbarkeit und einer guten Geschichte belohnt. »Wo ist denn Ihr Daumen geblieben?«, habe ich mal einen Mann gefragt, dem einer fehlte. In einem Liebesdrama hatte ihm sein Rivale in den Daumen gebissen, tief bis auf den Knochen, sodass der Daumen amputiert werden musste. Der Mann hat seine Stelle als Maschinenschlosser aufgeben müssen, und sein Leben war zerstört. Also fragte ich: »Haben Sie von dem Kerl denn wenigstens Schmerzensgeld und Schadenersatz bekommen?« – und staunte noch mehr, als er antwortete: »Nein, keinen Pfennig.« Der Biss war als Notwehr eingestuft worden, weil sich herausstellte, dass mein neuer Bekannter dabei gewesen war, seinen Kontrahenten zu erwürgen. Ich habe mich immer danach gesehnt, einem Mann nahe zu kommen, dem ein Körperteil fehlt – oder sogar seine ganze Familie. Ich finde Tragik attraktiv. Deshalb sah ich auch keinen Grund, meinen Freund nicht zu fragen, woher er diesen sonderbaren Namen hatte und warum er mir weismachen wollte, er sei Däne, wo er doch offenbar Araber war.

Rommel erklärte es mir, ohne zu zögern. Er sei der Spross einer Familie palästinensischer Kioskbesitzer, die zu Reichtum gelangt waren, indem sie ihre Ware bei anderen Kioskbesitzern klauten. Als man ihnen endlich auf die Schliche kam, seien sie schon so reich gewesen, dass sie sich einen hervorragenden Anwalt leisten konnten, der dafür sorgte, dass sie ungeschoren davonkamen. Sie seien Christen, keine Muslime, beteuerte Rommel und fügte hinzu, niemand aus seiner Familie habe je das geringste Interesse an Politik gehabt, obwohl sein Vater ein Geschichtsfan sei und jedes seiner zwölf Kinder nach einer großen historischen Gestalt benannt habe. Seinen Erstgeborenen, Rommel, habe er durch die Schule gehetzt und dann im Kegelklub damit geprahlt, dass der Junge Medizin studiere, und schließlich habe er ihn überall heruntergemacht, weil er sich in der alten Heimat für sein Volk engagieren wollte, statt in der neuen gutes Geld zu verdienen.

Im ersten Moment verstand ich die Finessen dieses Familiendramas nicht, doch das würde sich sicherlich ändern, denn keine Reise ist so bildend wie ein Liebesverhältnis mit einem Ausländer. Es fiel mir überhaupt nicht ein, die Landschaftskulisse dieses speziellen Auslands in Zweifel zu ziehen.

»Hier nenne ich mich Ronny«, sagte er. »Und außerdem – ich will dich ja nicht verwirren, aber wie die meisten Libanesen bin ich auch Amerikaner. Ich bin in South Patterson, New Jersey, aufgewachsen.«

»Aber du hast einen Akzent!«

»Ich habe bloß deinen nachgemacht«, antwortete er, jetzt in einem knalligen New-Jersey-Tonfall.

»Ich habe keinen Akzent«, protestierte ich.

»Da wäre ich mir nicht so sicher«, sagte er bloß. Seine braunen Augen sahen mich mit der Ruhe eines schlammigen Tümpels voll giftiger Reptilien an. »Mich kränkt es ja auch nicht, dass du dich gar nicht gefragt hast, wie es kommt, dass ich erster Klasse fliege, obwohl ich jünger bin als du.«

»Jünger als ich?«, stotterte ich.

»Da bin ich mir ziemlich sicher«, sagte er gleichmütig. »So was sehe ich – schon aus beruflichen Gründen.« Er beugte sich vor und berührte meine Stirn. »Hier oben könntest du es mal mit Botox versuchen.« Er inspizierte meine Kinnlinie, meinen Hals und den Mund. »Ein bisschen Füllstoff, um die Lippen aufzupolstern, wäre wahrscheinlich auch ganz sinnvoll.«

Ich rieb mir den Mund. Dieser Scharlatan! Mir fiel der polnische Aristokrat ein, der mir vor kurzem gesagt hatte: »*Tu as des belles lèvres*«, bevor er dieses Kompliment mit seinen eigenen *lèvres* besiegelte. Auch auf der Stirn habe ich keine einzige Falte. Seit Jahren habe ich mich angestrengt, nicht die Stirn zu runzeln, hatte auch nie einen Grund dazu, bevor ich Ivan kennenlernte. Und die Arbeit, die seine Kollegen mit viel Geschick an meinem Gesicht verrichtet hatten, erkannte dieser Kollege nicht mal – das Unterspritzen mit Eigenfett und vor kurzem der Nofretete-Lift, ein raffiniertes Verfahren zur Hebung der Kinnlinie, erfunden von dem genialen Dr. Lévy in Genf (wenn Sie es mal mit ihm probieren wollen – seine Nummer steht im Telefonbuch, und sagen Sie ihm, die Empfehlung käme von mir), der zu bescheiden gewesen war, das Verfahren nach sich selbst zu benennen. Aber wer wollte schon einen Lévy-Lift?

Es war an der Zeit, einiges klarzustellen, was mich betraf. Denn als ich diesem ... palästinensischen Arzt, Rommel oder Ronny ... gesagt hatte, ich sei nach Amerika gekommen, um mich zu kurieren, hatte ich zwar die Wahrheit gesagt. Aber in Miami war ich nicht bloß zum Braunwerden. Schon in Deutschland, als mir klar wurde, dass meine Liebe zu Ivan ein schweres Leiden war, hatte ich mich nach einem Mittel dagegen umgesehen, und ich hatte erkannt, dass mich nur ein Großschriftsteller von der Fixierung auf meinen Dichter kurieren konnte. Darin war ich ein bisschen wie Alice: Nur ein berühmterer Dichter würde mich aus dem Elend erlösen.

Eine alte Frau, die sich in einen jungen Bolzen verliebt, hat es nicht schwer. Wenn es mit ihm nicht klappt, braucht sie sich nur umzudrehen, und schon fällt ihr Blick auf den nächsten. Sie sind so häufig wie Tannenzapfen. Eine Frau, die auf Muskeln fixiert ist, braucht nur bei einer beliebigen Baustelle vorbeizuschauen. Ich dagegen hatte ein Problem: Hirn bei einem Mann findet man nicht so leicht. Über intelligente Männer stolpert man nicht ohne weiteres. Man muss nach ihnen graben wie nach Trüffeln.

Zum Glück sind Männer der Feder vergleichsweise leicht zu finden und noch leichter zu haben. Sie müssen versorgt werden und geraten deshalb früh in feste Hände, sind aber fast nie treu. Ich hatte in Google geforscht. Ein Städtchen in Florida in der Nähe von Orlando hatte den Großschriftsteller eingeladen, eine Rede zur Unterstützung einer gewissen Hillary Clinton zu halten. Er machte keinen Hehl aus seiner Begeisterung für die Kandidatin, und er besaß offenbar sehr viel mehr Geld als Ivan, denn er hatte schon den zulässigen Höchstbetrag, mehrere tausend Dollar, verschleudert, um ihr im Wahlkampf zu helfen. So viel hätte Ivan allein schon für die Finanzierung seiner

Rauchgewohnheiten gebraucht. Aber dieser Schriftsteller war Nichtraucher, und er war international hundertmal berühmter als Ivan. Sein Name ist so bekannt, dass ich ihn nicht laut auszusprechen wage. Ich werde ihn Paul nennen. Mein Paul.

Es folgt *Zukunftsvision Nummer 3*. Ivan schlägt eine ausländische Zeitung auf. Da stehe ich, in einem Fummel aus blauem Samt, auf den Arm des Rivalen gestützt, sagen wir, beim Filmfestival in Cannes. Ivan krümmt sich vor Schmerz, während er versucht, sich dieses Bild, das ihm wie ein Messer ins Hirn gedrungen ist, aus dem Kopf zu schlagen. Wie sehr bedauert er jetzt die Entscheidung, bei seiner Frau geblieben zu sein. Wie klein kommt er sich vor – noch kleiner, als er sowieso schon ist. Denn Paul hat nicht nur einen gewaltigen Ruf, er bekommt jetzt auch in Cannes einen Preis. Außerdem hat er eine ziemlich gute Figur, und modische Schuhe sind eine Marotte von ihm, deshalb wird auch in jedem Artikel seine überdurchschnittliche Schuhgröße erwähnt.

Das alles gestand ich nun dem erstaunlichen Ronny, obwohl ich Gefahr lief, alle Glut zu ersticken, die bei ihm womöglich schwelte – aber so stark sind sie nun mal, meine Gefühle für Ivan.

Aufbruch
Eine Vertraulichkeit wird mit einer anderen vergolten

Ich kannte Ronny ja kaum. Deshalb war ich mir nicht sicher, wie er auf meine Geschichte reagieren würde. Er lehnte sich auf seinem Stuhl weit zurück und schaute aus unüberbrückbarer Entfernung zu mir herüber. Aber in seinen Augen loderte Wachheit. Reglos lauschte er den Einzelheiten meiner Liebespläne und unterbrach mich nicht, was ich als maßlose Enttäuschung deutete – darüber, dass ich mich mit einem Großschriftsteller trösten wollte, einem Rivalen, gegen den selbst ein geheimnisvoller Orientale nichts ausrichten konnte.

Als ich fertig war, rührte Ronny die nachfolgende Stille nicht an. Der Kaffee kam, aber diesmal beachtete er die Kellnerin nicht, sondern betrachtete mit unübersehbarem Stolz seine Finger. Sie gefielen ihm. Schließlich blickte er auf und öffnete den Mund – ich hatte die Bartstoppeln auf seiner Oberlippe und die Vollkommenheit seiner in Reih und Glied stehenden Zähne bis jetzt nicht bemerkt. Ich sah das alles erst in dem Augenblick, als er sagte: »Das klingt vernünftig.«

Er machte keinen zerknirschten Eindruck. Ich versuchte, meine Bestürzung mit einem Lächeln zu überspielen. Aber es kam noch schlimmer. Er sammelte nämlich bloß die nötige Kraft, um selbst ein Geständnis zu machen. Und dabei ergab sich, dass er seine Stelle in der Dritten Welt – in Beirut – aufgegeben hatte und nach Florida gekommen war, um eine Frau zu erobern, deren Namen er aussprach, als handelte es sich um ein Stück Lokum, das in seinem Mund zerschmolz: Lila. Wenn einem

Schönheitschirurg eine Frau gefällt, muss sie vollkommen sein.

Nun kann ich das Wort »Frau« nicht leiden – vor allem, wenn Männer es verwenden, um über andere zu sprechen. Es schaudert mich jedes Mal. Und selbst wenn es sich auf mich bezieht, finde ich es nicht schmeichelhaft. Das Wort »Frau« ist einfach kein Superlativ, wie das Wort »Mann« einer ist. Und wenn Männer es auf andere anwenden und noch lauter »sie« und »ihr« und »ihre« dazukommen, klingt es erst recht niederschmetternd, weil es betont, dass es von uns viele gibt. Wenn ich schon eine »Frau« sein muss, dann bitte die einzige auf der Welt. Solange das nicht der Fall ist, sagt lieber »Puppe« oder »Süße« zu mir und gesteht damit ein, dass ihr von meiner Gunst abhängig seid.

Ronny hatte Lila in Beirut kennengelernt, wo sie als Journalistin arbeitete; er schleuderte mir einfach ins Gesicht, sie sei die klügste, schönste, witzigste Frau der Welt. Er schwärmte von ihren Sommersprossen, als wäre jede einzelne von ihnen ein lohnendes Ausflugsziel, und über ihr braunes Haar sprach er, als wäre braunes Haar nicht so gewöhnlich wie Pelz an einem Bär, und er versäumte natürlich auch nicht, ihre schmalen Hände zu erwähnen. Die überwiegende Mehrheit der Frauen auf dieser Welt hat kleine Hände, vor allem, wenn man die Chinesinnen mitrechnet. Meine Hände sind mittelgroß. Sie sind kräftiger als kleine Hände. Sie können besser drücken und besser reiben, und sie vertragen es ohne weiteres, wenn man sie mit einer größeren Zahl von Ringen versieht, wie ich es gern tue. Ich trage an jeder Hand mehrere Ringe, darunter einen sehr großen Aquamarin, der angeblich die gleiche Farbe hat wie meine Augen. Diese Ringe wurden mir im Laufe der Jahre von verschiedenen Männern geschenkt, die alle einen ziemlichen Wirbel machten, als sie sie mir auf den Finger schoben, und ich hatte nie einen Anlass, sie wieder abzunehmen. Den letzten zwängte mir Ivan selbst auf. Ich musste ihm helfen, weil er sich so ungeschickt anstellte. Er ist bei weitem der schönste, wenn auch der billigste von allen, ein unechter goldener Ring. Er kaufte ihn für ein paar Euro, als wir beschlossen hatten, eine Nacht in einem kleinen Hotel zu verbringen, und er fürchtete, die Concierge könnte etwas dagegen haben. Wie viele unkonventionelle Menschen ist er in Anstandsfragen ein Feigling, und dieser Feigheit habe ich seinen Ring zu verdanken, den ich nun am rechten Ringfinger trage. Er ist die Krone meiner Hand, das Symbol der Macht, die ich immer noch über ihn habe, egal, ob wir miteinander kommunizieren oder nicht. Ich drehte immerfort an diesem Ring, damit Ronny ihn bemerkte, aber er plapperte einfach weiter von seiner Lila.

Er behauptete, Lila sei beeindruckt gewesen, wie selbstlos er sich um Kriegsopfer gekümmert habe. Sie hatten sich während des Kriegs kennengelernt. Ich habe keine Erfahrung mit Kriegsromanzen, aber ich schätze, es ist ähnlich wie mit Bordromanzen auf Schiffsreisen. Es kommt, wie es kommen muss. Man ist eingesperrt, es wird langweilig, und nachher ist man ein paar Tage zusammen durch dick und dünn gegangen.

Nach einer kurzen Zeit des Entzückens hatte sich gezeigt, dass Ronnys Lila noch eine größere Leidenschaft hatte als Ronny: die Politik. Sie hatte sich fröhlich von ihm verabschiedet und war in die Vereinigten Staaten zurückgekehrt, wo eine landesweite Wahl bevorstand, auf deren Ausgang sie Einfluss zu nehmen gedachte. Zuerst verwirrte mich das, aber dann tat mir diese Lila leid. Und ich war bereit, Ronny einen Ratschlag zu geben.

Anscheinend hatte sie ihr Herz an denselben Luo-Politiker verloren, der auch mir schon im Fernsehen begegnet war, Obama. Sie war gekommen, um in seinem Wahlkampfteam mitzuarbeiten, und das tat sie nun auch, in einer Weltgegend, die Ronny kaum kannte – nicht, weil er Libanese war, sondern weil er aus New Jersey stammte. Sie hatte ihm gesagt, sie gehe in den Süden, und wie alle im Norden hatte er geglaubt, sie meine Florida. In Wirklichkeit aber arbeitete sie ein paar Staaten weiter für Obama, in Kentucky. Seltsamerweise war sie entzückt gewesen, als sie erfahren hatte, ihr alter Bewunderer folge ihr wie ein Schäfer einem verirrten Lamm. Nun wollte Ronny einen Wagen mieten und zu ihr fahren. Ob ich Lust hätte, mitzukommen.

Zuerst könnten wir versuchen, meinen Großschriftsteller in Orlando zu erwischen, und wenn das nicht zu dem gewünschten Ergebnis führte, könnte ich weiter nach Norden mitfahren und sehen, ob er, Ronny, mit seinem Projekt mehr Glück hatte. Ich hatte mir noch gar nicht überlegt, wie ich nach Orlando kommen sollte. Es traf sich gut, jemanden zu haben, der die Fahrt organisierte. Romantische Verwicklungen würde dieser Mann mir zwar nicht bieten, aber man kann ja nicht immer alles haben. Ich war einverstanden.

Auf der Straße

Meinem neuen Kavalier fehlten gewisse Qualitäten, die ich an einem Reisegefährten schätze, aber immerhin verstand er es, ein Mädchen zu beeindrucken, das lange in Europa gelebt hatte und gar nicht mehr wusste, was Geschäftstüchtigkeit ist. Statt einen Wagen zu mieten, machte er einen palästinensischen Automechaniker ausfindig, der ihm für ein Bakschisch und das Versprechen, nichts kaputt zu machen (den Kilometerzähler würde er nachher wieder zurückstellen), das weiße Jaguar-Cabrio lieh, das für zwei Monate bei ihm in der Garage unterstand. Es gehörte einem Architekten, der im Ausland zu tun hatte.

Ich verstehe ein bisschen was vom Autofahren. Man könnte sogar sagen, dass ich mit Autos eine Zeit lang Intimverkehr hatte und praktisch an nichts anderes mehr dachte. Aber diese Leidenschaft litt unter Materialermüdung und ging bei einem kleinen Unfall zu Bruch. Danach konnte ich gar nicht mehr begreifen, dass mir Autos mal so viel bedeutet hatten. Eines Abends, bei einem romantischen ersten Abendessen, erzählte mir Hans, er habe irgendwo gelesen, Autos befriedigten das Verlangen des Menschen, ein Vierbeiner zu werden, sie erlaubten dem geistbegabten Wesen, sich vorübergehend in ein Mitglied des Tierreichs zurückzuverwandeln. Wäre mir Hans damit einen Monat früher gekommen, hätte ich ihn zum Teufel gejagt. Nun hingegen fand ich seine herablassende Art therapeutisch sinnvoll und beschloss, ihn zu heiraten.

Die Jaguar-Leidenschaft meines Reisegefährten fand ich unerträglich. Doch dann sagte ich mir, ein Jaguar ist wie ein Hemd von Versace – es erregt Aufmerksamkeit, und dagegen habe ich nichts. Bequem in den Beifahrersitz geschmiegt, das dichte rote Haar wie eine Fahne flatternd im Wind, Cabriodach runter, Busen hoch, Arm auf der Wagentür – diese Pose passte zu Clarissa.

Kommunikation

Es war Mitte April. Seit Stunden hatte ich nicht nach meinen E-Mails gesehen. Wir kurvten in der Stadt herum, bis mein Computer endlich ein brauchbares Wifi-Signal aufschnappte. Ronny war so liebenswürdig, anzuhalten, damit ich meine Post in Ruhe lesen konnte. Hans hatte geschrieben, er vermisse mich. Obama hatte mir auch geschrieben und bat um Geld wie ein Armenhäusler. Sofort zeigte ich es Ronny, um Lila eins auszuwischen. Er erklärte mir, alle Politiker bettelten um Geld, das sei immer der wichtigste Punkt auf ihrer Agenda, und wenn mir das nicht gefalle, solle ich mir mal die Konkurrenz ansehen. Er wurde sogar ein bisschen ungehalten, nahm sich die Befehlsgewalt über meinen Computer und lotste mich auf die Website von Hillary Clinton. Ihre Homepage versprach eine bessere Zukunft. Wer darüber mehr erfahren wollte, klickte auf einen Button, und es öffnete sich das Spendenfenster. Der voreingestellte Betrag war 200 Dollar. Ein Versprechen, etwas für mich tun zu wollen, und gleichzeitig um Geld zu bitten, kam mir seltsam vor.

Nach meinen Erfahrungen hat jemand, der um Geld bittet, meistens selber welches. Leute, die keines haben, bitten nicht darum, sondern nehmen es sich. Also ist eine solche Bitte fast schon das Eingeständnis, schwerreich zu sein. »Die und ihr Mann haben in den letzten acht Jahren 120 Millionen Dollar verdient«, sagte Ronny erbittert.

»Wie schön für sie«, sagte ich voller Mitgefühl. »Sei nicht neidisch. Du verdienst bestimmt auch nicht schlecht.«

Er stöhnte und klappte den Computer zu.

»Wenigstens kehrt dein Akzent langsam dahin zurück, wo er herkommt«, sagte er.

Auf dem Highway

Wer in Amerika mit dem Auto unterwegs ist, braucht das Genie eines Rallyefahrers auf einer serpentinenreichen Passstraße. Bei hohem Tempo muss man sich in Bruchteilen von Sekunden für eine Richtung entscheiden, geleitet bloß von einem winzigen Schild, das wenige Meter vor der Abfahrt plötzlich am Straßenrand auftaucht und einen nötigt, auf einer Strecke von fünf Wagenlängen über fünf Fahrspuren zu wechseln. Wer je behauptet hat, Amerikaner seien dumm, hat dieses tägliche Training in körperlicher und geistiger Beweglichkeit offenbar nicht berücksichtigt.

Gut Auto fahren und ein gutes Gedicht schreiben sind gar nicht so verschieden: Man muss bestimmte Grenzen beachten oder ignorieren. Wendigkeit im Denken macht den Unterschied aus zwischen Größe und plumpem Mittelmaß. Obendrein ist in Amerika ständig Virtuosität im Umgang mit Zahlen gefordert. Meistens tauchen sie in Gestalt von Straßenschildern auf – 437, 19, 441 –, und man muss sofort wissen, welche Straße wohin führt. Der gewöhnliche Europäer würde unter solchen Umständen das Tempo drosseln, um nachzudenken, und damit ein Chaos verursachen.

Ich hatte oft gehört, der Libanon sei ein Paradies für Autofahrer – eine rote Ampel betrachtet man dort nur als Vorschlag. Und die Kunst des Wagenlenkens ist im gesamten Mittelmeerraum bekanntlich schon seit der Antike hoch entwickelt. Deshalb versprach ich mir von Ronny eine brillante Vorstellung. Stattdessen erwies er sich als uninspirierter Sicherheitsfahrer, hatte keine Ahnung, wie man beschleunigt, besaß keinen natürlichen Überholinstinkt, und Kurven aller Art verwirrten ihn. Gut war er nur im Navigieren, er konnte Straßen finden und wusste immer, welcher Weg der beste war. Dabei war die Auswahl groß – alle Straßen führten nach Orlando. Oder besser gesagt: Alle Straßen führten zu meinem Paul, der mich nun bald von meinem Herzenskummer kurieren würde.

Zuerst saß ich ruhig zurückgelehnt in meiner weißen Lederschale und legte mir die Locken so, dass sie über beide Schultern wallten, rückte auch mein Profil zurecht und winkelte die Arme vom Körper so ab, dass Ronny, wenn er zur Seite sah, wahrnehmen würde, wie schlank und glatt sie waren, während ihm meine verschrumpelten Ellenbogen verborgen blieben. Ich schloss die Augen und tat, als machte ich ein Nickerchen, um ungestörter an Paul zu denken und in der Vorahnung gegenseitiger magnetischer Anziehung zu schwelgen. Ich spielte alle erdenklichen ersten Küsse durch. Aber meine Gedankenfreiheit wurde eingeschränkt. Als Fahrer fühlte sich Ronny offenbar ermächtigt, mit dem Radio nach Belieben zu schalten und zu walten. Eine Zeit lang hörte er Nachrichten. Bei Obama lief es nicht rund, Hillary holte auf. Ich hätte lieber gewusst, wie die Friedensverhandlungen zwischen Jen und Angelina weitergingen, aber der Sender erwähnte sie nicht.

Alle Motorfahrzeuge in Amerika sind gleich geschaffen – und alle sind vor dem Gesetz gleich. Man folgt, gehorcht und reiht sich ein. Nicht die ideale Betätigung für jemanden, der sich von der breiten Masse abheben will. Die Ähnlichkeit zwischen den Wörtern Nobelkarre und Totenstarre ist bestimmt kein Zufall. Ein Jaguar mag ein Luxusobjekt sein, aber bei näherem Hinsehen erweist er sich als zu enger Raum. Wer dem unwürdigen Zustand, in diesem Etui auch noch angeschnallt zu sein und nichts tun zu können, als sich ans Tempolimit zu halten, nicht durch Tagträumen entfliehen kann, dem bleibt nur eines: reden. Deshalb schlug ich Ronny schließlich vor, das Radio abzuschalten, damit wir uns unterhalten könnten. Aber Reden kann riskant sein.

Lange Autofahrten lockern die Zunge wie sonst nur Alkohol; keine Situation regt so sehr zu Geständnissen und Vertraulichkeiten an. Aber selten bin ich jemandem begegnet, der so störrisch war wie Ronny. Er hatte nur zwei Dinge im Kopf – Politik und Lila, auf deren Vorzüge er immer wieder zurückkam, und zwar stets in den gleichen Einzelheiten. Als er ihre witzige Art, ihre Intelligenz und ihre Sommersprossen zum zwanzigsten Mal gepriesen hatte, flehte ich ihn an, das Thema zu wechseln.

Rast und Maut

Bis dahin hatten wir schon mehrere Stunden auf schnurgerader Straße verbracht, eine Zeit, die nur von den hin und wieder auftauchenden Rast- und Mautstationen unterbrochen wurde. Erstere liefern einen Vorgeschmack der ersehnten Freiheit, wie ein Spaziergang im Gefängnishof. Der Eingangsbereich, Tag und Nacht strahlend hell erleuchtet, der riesige, von Personen des eigenen Geschlechts wimmelnde *restroom*, wo man auf einem kleinen, harten Sitz in einer Zelle rastet. Anderswo stehen Leute, die die Schlange auf der Autobahn eben verlassen haben, Schlange vor einer Kasse, um Erfrischungen oder Mitbringsel zu bezahlen. Überall rauscht sturzbachartig Geld von Hand zu Hand. Meine Stimmung steigt, sobald ich irgendwo die Vorsilbe »Brat-« entdecke, und nachdem ich festgestellt hatte, dass die Kreditkarte meines Mannes sogar hier gewürdigt wurde, kaufte ich für Fahrer und Beifahrer je eine »Big Box« Brathähnchen.

Das Wort *big* ist einfacher zu schreiben als das Wort *little* und wirkt auch auf einfache Weise beruhigend. Aber Ronny lehnte ab. *Fast food* esse er sowieso nicht. Wie ein Zischen entfuhr ihm das Wort *fast*, und ich stellte mir vor, wie es klänge, wenn er noch *woman* dazusetzte. Aber bevor ich das Thema Frauen anschneiden konnte, kam er selbst darauf und erklärte mir, meine Regio buccalis würde wegen des vielen ungesättigten Fetts vorzeitig absacken, und er jedenfalls würde sie mir dann nicht reparieren. Ich ließ ihn mit seinen Tiraden einfach stehen, setzte mich an einen Plastiktisch und verputzte beide Portionen. Sollte er denken, was er wollte. Ich hatte genügend Kompromisse gemacht.

Früher habe ich geraucht, bis mir eines Tages eine Kosmetikerin sagte, sie erkenne an der Haut, wie viele Zigaretten ihre Kundinnen am Tag rauchten. Sie hatte auch meine zwei Päckchen erkannt. Beim Hinausgehen warf ich meine letzte Schachtel in den Mülleimer, und danach habe ich Zigaretten nie wieder angerührt. Manchmal denke ich an sie wie an alte Freunde, die man abgeschafft hat, weil sie einem lästig wurden, und dann vermisse ich ihre Gesellschaft, aber nicht allzu sehr. Mit dem Essen ist es anders.

Ronny stand noch da, starrte auf meinen Pappteller, als wollte er mir den Appetit verderben. Ich sagte: »Sieh dich mal um. All die netten Leute hier, die XXL-Portionen essen, und keinem sieht man es an.«

»Die sind alle noch keine zwanzig«, brummte er und ging den Wagen füttern. Ich leckte mir gerade das letzte Fett von den Fingern, als er mit einem Glas moralisch unbedenklichem Orangensaft zurückkam. Bevor wir wieder aufbrachen, fragte er, ob ich mal fahren wolle, aber ich lehnte ab. Ich hatte absolut keine Lust, bei dieser Gehhilfe das Steuer zu übernehmen.

Unsere Fahrt wurde jetzt nur noch von den gelegentlich auftauchenden Mautstellen unterbrochen; sie dienen vor allem der Ablenkung. Der Fahrer muss langsamer fahren, muss gut aufpassen, muss das passende Kleingeld finden, muss das Fenster herunterkurbeln und einen Schwall Heißluft hereinlassen, muss den Arm herausstrecken und mit den Münzen nach dem Drahtkorb zielen. Wehe, er trifft nicht! Dann muss er den Motor abschalten und die Wut der Wartenden hinter ihm erdulden, während er um sein Gefährt herumkriecht und nach kleinen Silbermünzen sucht.

Nachdem Ronny dies alles zum dritten Mal durchgemacht hatte, erlaubte ich mir zu bemerken, er sei wohl wegen seiner großen Liebe ein bisschen zerstreut. Er verzog das Gesicht und gestand, Zielen sei noch nie seine Stärke gewesen, auch nicht mit einem Gewehr. Deshalb gebe es auch kaum etwas anderes, womit er sich in der Welt nützlich machen könnte, als Gesichter auszubessern.

Wir erreichten Orlando in verbissenem Schweigen. An einer Tankstelle kaufte ich einen Stadtplan und lotste Ronny nun ohne allzu großes Geschick, wie ich zugeben muss, auf Nebenstraßen herum, bis wir uns vollkommen verfahren hatten. Mit dem Geheimcode von Landkarten komme ich einfach nicht zurecht. Ich suchte mir eine Straße mit dem schönen Namen Orange Blossom Trail heraus, die uns auf gewundenen Wegen in ein Viertel namens Winter Park geleiten konnte. Die Abendsonne verblutete am Himmel. Im Radio hieß es, Obama habe sich bereit erklärt, Gespräche mit der Hamas zu führen. Ein Kommentator geißelte ihn dafür. Ich habe eine ungefähre Vorstellung davon, was die Hamas ist, obwohl sie mich nicht wirklich interessiert. Ich finde, es gibt auch noch andere Konflikte auf der

Welt, und es kommt mir unfair vor, dass ein so winziger Teil der Weltbevölkerung die Schlagzeilen derart dominiert. Als die Sendung vorbei war, kam Ronny auf den Krieg zu sprechen, den Israel gegen den Libanon geführt hatte – wie die Juden sich den Weg ins Zentrum von Beirut freigebombt hätten und wie es der schlauen Hisbollah immer wieder gelungen sei, sie vorzuführen, die ganze Aggression und die Streubomben, die sie abgeworfen hätten. Ronny schwelgte in seinem Zorn, der sich anscheinend vom Schimpfen nährte und immer größer wurde. Schließlich unterbrach ich ihn.

»Kann eine Gegend, so groß wie Rhode Island, überhaupt so wichtig sein?«

Wir hatten den Orange Blossom Trail erreicht, und Ronny war vor lauter Wut auf einen Parkplatz abgebogen. Nun sagte er etwas über meine Ignoranz. Dieses Wort gehört nicht zu meinen liebsten. Ich schnappte meine Tasche vom Rücksitz des Jaguars, stieg aus, sagte danke und knallte die Tür zu. Der abrupte Verlust seiner Reisegefährtin kam für ihn anscheinend ziemlich überraschend.

Aber das genügte mir noch nicht. »Lila hatte recht, dass sie dich hat sitzenlassen«, rief ich ihm über die Schulter zu und stapfte davon.

Orlando

Es war fast dunkel. Nachdem ich eine Zeit lang entschlossen in eine Richtung marschiert war, als wüsste ich ganz genau, wohin ich wollte, stand ich plötzlich vor einem Gebäude mit einer riesigen Reklametafel hoch über der

Straße. Von unten konnte ich nur das Wort »Outlet« lesen und eine andere Zeile: »Wir verkaufen Damenmoden«. Daneben war eine sehr hübsche Frau zu sehen, die mir sogar ein bisschen ähnelte – die gleiche Figur. Sie trug ein Kleid, das ihren Busen vorteilhaft zur Geltung brachte.

Mir fiel ein, dass ich für diesen Abend nichts wirklich Schönes anzuziehen hatte und dass es nicht schaden konnte, einen Einkaufsbummel zu machen. Einkaufen beruhigt die Nerven, schärft die Konzentration und ordnet die Gedanken. Es weckt Wünsche und lässt sie in Erfüllung gehen. Einkaufen ist wie Beten.

Ich betrat den Laden.

Meme

Zwei blonde Frauen überwachten den Eingangsbereich.

»Können wir Ihnen helfen?«, fragten sie.

Ich sah, dass die beiden als Werbung für die Mode, die sie hier verkauften, nicht viel taugten. Das wirre Haar hing ihnen wie eine abgewetzte, alte Hose von den Köpfen, während sich ihre Hintern in den Hosen wölbten, als wären sie toupiert. Sie wirkten irgendwie erstaunt, mich zu sehen.

»Danke, ich möchte mich nur ein bisschen umschauen«, antwortete ich.

Plötzlich war mir, als hätte ihre Frage einen ironischen Unterton gehabt. Vielleicht hätte ich mich doch von ihnen bedienen lassen sollen. Grundsätzlich lasse ich mich gern bedienen, aber in Geschäften ist es mir eher lästig. Die Verkäuferinnen versuchen, einem etwas aufzuschwatzen, was nicht zu einem passt und einem nicht steht. Verkäuferinnen tragen viel zu dem schlechten Ruf von Frauen bei. Ich ging rasch weiter, dem weiblichen Rumpf auf einem Podest entgegen, der etwas Lavendelblaues trug. Da hinten irgendwo mussten die Damenmoden sein.

Die Kollektion, die hier angeboten wurde, kam für mich nicht in Frage – schlecht verarbeitet, kein Leinen, keine Seide, stattdessen Federn und Gaze. Außerdem hatten sie anscheinend nur Nachthemden im Angebot. Ich wanderte zwischen den Regalen herum, der einzige Kunde. Ich bin manchmal ein bisschen schwer von Begriff, muss ich zugeben. Und vielleicht brauchte ich, treuherzig, wie ich bin, tatsächlich länger als andere, bis mir aufging, dass dies ein Spezialgeschäft war und dass nicht Damenmoden die Spezialität waren.

Amerikanische Läden kleckern nicht mit kleiner Auswahl. Zum Einkaufsvergnügen gehört auch das Sich-entscheiden-Müssen. Wühlen, wählen, amen. Dieser Outlet verkaufte Sexspielzeug. In den übersichtlich wie in einem Kaufhaus angeordneten Regalen fand der Käufer alles, was er suchte – von Anal bis Zoo. Im Regal für Mini-Liebespuppen konnte sogar der Päderast etwas finden, was ihn vielleicht glücklich machte. »Meme« war hier der große Hit – eine Puppe, die aufgeblasen so groß war wie eine Sechsjährige. »Gute Sachen kommen in kleiner Packung, und ›Meme‹ bildet keine Ausnahme! Ihr liebevoller Mund und ihre engen Liebesöffnungen warten auf eine Nacht der Leidenschaft. Klein im Wuchs, doch riesig in der Lust, bringt Meme ihre Junggesellenparty erst richtig in Schwung!«

Ich maße mir kein Urteil über andere an. Wenn ein Mann sich zu einer kleinen Gummipuppe romantisch hingezogen fühlt, mache ich ihm daraus keinen Vorwurf. Würde er Kinder belästigen, fände ich das viel verwerflicher. Kinder sind nicht mein Fall, aber sie können sehr süß sein, ohne es zu wissen. Wie widerwärtig, ihnen ihren Liebreiz bewusst zu machen. Immer attraktiv aussehen zu wollen – das ist doch unser Unglück. Ich freue mich schon auf die Zeit, wenn ich endlich Ruhe habe. Eines Tages werde ich mein Haar nicht mehr färben und mir keine Gedanken mehr über meine Figur und mein Gesicht machen. Ich werde immer dicker, und es schert mich nicht. Noch bin ich eine Gefangene meiner Eitelkeit, aber ich werde selig sein, wenn ich ihre Fesseln abgestreift habe.

Da hat sich nun also ein umsichtiger Zeitgenosse um den armen Irren gekümmert, der sonst einem Kind wer weiß was antun würde. Er bietet diesem Mann eine Ablenkung: Meme, die Mini-Liebespuppe. Loben und preisen muss man ihren Erfinder. Meme ist ein Meisterwerk der bildenden Kunst. Sie sieht in jeder Hinsicht wie der Prototyp einer Sechsjährigen aus, bis hin zu dem rosa Kleidchen. Das Foto auf der Schachtel zeigt sie zwischen zwei Paar nackten Männerbeinen, sie reicht ihnen bis an die Leistengegend. Das Bild auf der Schachtel endet knapp über den prall gefüllten Tangas. Auspacken und aufblasen. Man kann sie nicht nur nach Herzenslust betrachten. »Sie hat drei Lustöffnungen!« Man kann sie problemlos baden, wie daheim das eigene Töchterchen. Sie ist wasserdicht.

»Im Internet bekommen Sie die schon für 13,99 Dollar«, sagte die Verkäuferin, die hinter mir her geschlendert war. »Wenn Sie sie überhaupt haben wollen. Hier kommt sie auf 20 Dollar, plus Steuer. Der reinste Nepp.«

»Nein, nein, ich will sie nicht. Ich will überhaupt keine Kinder. Aber ich frage mich, wer sie gemacht hat und wer ihr diesen Namen gegeben hat – Meme.« Und dann fügte ich hinzu: »Rein zufällig weiß ich, dass ›Meme‹ Grundelemente von Kultur sind, die sich evolutionär durchsetzen, es reimt sich auf ›Gene‹. Ich hatte mal einen Freund« – damit meinte ich Ivan, und das Imperfekt brach mir das Herz, als ich es benutzte –, »der ständig von Memen redete. Sie seien der Tod seiner Kunst. Er war Dichter. Er sagte, das Fernsehen sei ein parasitäres Mem. Und jetzt frage ich mich, warum dieser Erfinder seine Puppe ›Meme‹ genannt hat. Ach, vielleicht, weil es eine Nachbildung ist …«, plapperte ich weiter vor mich hin, ohne Rücksicht auf meine Geprächspartnerin. Und plötzlich fiel die Einsamkeit über mich her, ausgelöst durch die Erwähnung von Ivan und seiner Idée fixe.

Die Verkäuferin sah mich voller Mitleid an, als ahnte sie etwas.

»Meme kommt von den kleinen Kindern, die immer rufen ›*Me! Me!* – Ich! Ich!‹« Sie bohrte sich einen Finger in die Brust und rief noch einmal: »*Me! Me!* Verstehen Sie? Das gehört nämlich zum Spaß dazu, dass sie ein verzogenes Gör ist. Da kann ihr ein Mann noch so einiges beibiegen.« Aber dann sagte sie: »Hören Sie, das hier ist doch nichts für Sie! Wir haben auch Dildos im Angebot. Kommen Sie.«

Ich ging hinter ihr her. Und ich muss zugeben, die Auswahl war beeindruckend, in allen Formen und Farben, übersichtlich in Sachgruppen eingeteilt, wie von einem Bibliothekar. Einige verblüfften mich dann doch durch ihre schiere Größe. So was hatte ich, bei all meiner Erfahrung, noch nie leibhaftig gesehen. Und ich konnte nicht widerstehen, unter den beifälligen Blicken der Verkäuferin einen aus dem Regal zu nehmen und auf den Knopf zu drücken, um auszuprobieren, ob er auch wirklich vibrierte, wie die Reklame es versprach. Und ausgerechnet in diesem Augenblick kam Ronny herein, sicherlich, um sich zu entschuldigen und mich zu überreden, mit ihm weiterzufahren. Ich war so erleichtert!

Ich hielt also gerade »Mr. Marcus« in der Hand, einen glänzenden schwarzen Penis in der Größe von Ronnys Unterarm. Und »Mr. Marcus« bebte in meiner Hand, während unsere Blicke sich trafen. Ich rief: »Oh, Ronny, ich bin ja so froh, dass du da bist.«

Aber er machte kehrt und war im Nu verschwunden. Ich lief ihm nach.

»Wollen Sie denn nichts kaufen?«, rief die Verkäuferin hinter mir her.

»Danke! Ich wollte mich nur mal umsehen«, rief ich zurück und verfluchte dieses winzige Israel, weil es sich mit dem winzigen Libanon in die Haare geraten war – und letztlich alles zu meinen Lasten. In der Ferne sah ich eine Lichtspur im Dunkeln – dann war der weiße Jaguar verschwunden.

Orlando

Ich wusste, dass Winter Park das vornehmste Viertel in Orlando war und dass mein zukünftiger Geliebter seinen Vortrag in einem Museum an der Park Avenue halten würde. Die Verkäuferinnen in dem Outlet konnte ich nicht mehr fragen, ohne etwas zu kaufen, außerdem waren sie wahrscheinlich noch nie in Winter Park gewesen.

So begann meine zweite Nacht in Amerika damit, dass ich vollkommen im Dunkeln stand. Ich spazierte (auch in den besten Zeiten keine Lieblingsbeschäftigung von mir) eine breite Straße entlang, während mir der Wind der vorüberfahrenden Wagen mit seinen schmutzigen Fingern durchs Haar fuhr. Ich war froh, als ich eine Frau auf mich zukommen sah. Sie hatte Schlagseite, und als sie unter der Straßenlampe stehenblieb, sah ich, dass ihr Gesicht jung war, aber so voller Kummer, dass man sich gar nicht vorstellen konnte, jemand könnte noch trauriger sein: die Wangen eingefallen, die Augen stumpf und das lange blonde Haar fächerförmig über die Schultern gebreitet wie verfilzte Engelsflügel.

»Hast du einen Dollar?«

Selbstverständlich hatte ich einen Dollar. Diesen Dollar hatte ich ehrlich und rechtmäßig von meinem Ehemann erhalten. Ich verdiente momentan nicht viel, genauer gesagt: gar nichts. Aber Hans hatte Geduld mit mir. Er wusste, wenn ich mich einmal zu etwas entschlossen hatte, konnte mich niemand mehr bremsen, und es war nur eine Frage der Zeit, bis ich entweder zu dem zurückkehrte, worin ich nach Meinung vieler am besten war, oder etwas anderes, etwas Neues anfing. Er redete sich ein, ich würde zum Rennsport zurückkehren. Aber mein Interesse daran war vollkommen erkaltet, seit ich Ivan kennengelernt hatte. Denn Ivan hatte mir gezeigt, wie verführerisch Intelligenz sein kann. Früher hatte mich nur eines interessiert – körperliche Tüchtigkeit oder körperliche Schönheit, meine eigene eingeschlossen. Nie und nimmer wäre es mir eingefallen, über die Hässlichkeit von jemandem hinwegzusehen, nur weil er Verstand hat.

Wohlgemerkt, Dichtung ist auch nichts für mich. Ich mag keine Rätsel, obwohl sich gewisse Verse auf eine Weise in meinem Gedächtnis einnisteten, die Ivan beeindruckte, und dann drehte und wendete ich sie auch hin und her, denn er war sichtlich überrascht, dass ich das konnte, und einmal wollte er unbedingt, dass ich ein kleines Liebesgedicht für ihn schrieb, in einem bestimmten rhythmischen Korsett, was mir zuwider war, aber ich tat es trotzdem. Wenn man verliebt ist, macht man die abwegigsten Sachen.

Ivan lobte das Gedicht. Er lobte auch mich und verkündete, ich sei »nicht unbegabt«. Diesen Ausdruck fand ich ausgesprochen hässlich, und ich sagte es ihm, was er wiederum so bezaubernd fand, dass er auf der Stelle mit mir ins Bett musste. Seine Begeisterung für mich war gekommen, und dann war sie gegangen. Bevor man existiert, ist es einem egal, dass man nicht existiert. Bevor Ivan mich liebte, war es mir egal, dass er mich nicht liebte. Es war der schiere Überlebenswille in mir, der sich dagegen wehrte, ihn zu verlieren.

Aber zurück ins elende Präsens – nur gewisse praktische Probleme konnten mich nun von meinem Herzenskummer ablenken. Genauer gesagt, ich war gewissen finanziellen Beschränkungen unterworfen. Bargeldknappheit. Das heißt, ich musste meine Ausgaben niedrig halten. Die Dollars, die ich in der Tasche hatte, mussten gefälligst dort bleiben. Die Frau, die mich nach ihnen gefragt hatte, war anmaßend. Aber dann wartete sie nicht mal, ob ich ihr einen geben würde, sondern lief an mir vorbei, den Blick auf irgendetwas in der Ferne gerichtet. Ich wandte mich um und sah einen Wagen, der sehr langsam die Straße entlangkroch. Ich sah, wie sie ihm winkte und dann einstieg. Ich setzte meinen Weg fort, schneller als zuvor, und war erleichtert, als ich irgendwann abseits der Straße ein von allen Seiten angestrahltes Gebäude mit einem vielversprechenden Namen erblickte: Parliament House.

Parliament House

Helle Lampen erleuchteten einen Parkplatz voller gepflegter, schwerer Wagen – der weiße Jaguar hätte gut hierher gepasst. Selbstverständlich sah ich mich nach ihm um, und als ich ihn nicht fand, versetzte mir die Enttäuschung einen Stich. Durch große Glastüren ging ich hinein. Ich hielt das Ganze für ein Kongresszentrum. Hier würde ich bestimmt jemanden finden, der mir Bescheid sagen und mich vielleicht sogar noch rechtzeitig nach Winter Park zu meinem Großschriftsteller bringen konnte. Es blieb mir genau eine Stunde, um ihn zu finden. Eine kleine Verspätung wäre auch nicht schlimm, sie würde mir sogar einen Auftritt verschaffen. Doch was ich in dieser Eingangshalle sah, verschlug mir den Atem.

Auf all meinen Reisen hatte ich noch nie so viele gutaussehende Männer an einem Ort versammelt gesehen. Wie Politiker oder Bürokraten sahen sie allerdings nicht aus, und sie waren bestimmt nicht für den Sitzungssaal gekleidet. Jeder hatte seinen eigenen Look – der eine kühn in einem Trägertop, ein anderer gesetzt in einem teuren Anzug, der nächste tänzelte in einem knallig pinkfarbenen Hemd herum. Jede Haarfarbe war vertreten, jeder Haarschnitt, jede Rasse, jeder Körpertyp. Und alle sahen gut aus. Eine Armee schöner Männer. Und als ich eintrat, richteten sich alle Blicke auf mich. Ich lächelte bloß und überlegte, was ich als Nächstes tun sollte. Mir fiel ein, dass ich noch immer mein einfaches Hemdkleid trug, das meine Beine so vorteilhaft zur Geltung brachte. Ich war mir des Eindrucks bewusst, den meine glatten, festen Waden und der enge Gürtel um die Taille machen mussten. Aber ich kam mir auch gedrungen vor – nicht klein, sondern gedrungen –

und unbedeutend. Das ist das Dumme an der Attraktivität einer Frau – sie ist vollkommen abhängig von der Laune des Mannes. In diesem Augenblick herrscht sie mit der ganzen Autorität ihres Geschlechts und muss im nächsten erleben, wie sie gerade wegen ihres Geschlechts keinerlei Anspruch auf Autorität erheben kann.

»Ich versuche, nach Winter Park zu kommen«, erklärte ich den versammelten Kriegern. »Ist hier vielleicht jemand, der in diese Richtung fährt?«

Die Wörter kamen mit einem leichten deutschen Akzent, der ihnen, wie ich hoffte, mehr Zugkraft verlieh.

Parliament House

Meine Frage schien sie zu verblüffen. Sie berieten sich, und aus den Gesprächsfetzen, die ich aufschnappte, ging hervor, dass ein gewisser Jake, ein Barmann, mich möglicherweise dorthin mitnehmen könnte. Er verlasse das »Parliament« meistens gleich nach Dienstschluss. Zuletzt gesichtet habe man ihn, als er am Pool Drinks servierte. »Soll sie ihn doch dort suchen«, schlug jemand vor.

Im Mund dieses Herrn klang das Wort »sie« irgendwie herabsetzend – »sie«, die simple Silbe, reimt sich auf *Vieh, Knie, nie*. »Er« dagegen klingt so viel kraftvoller! *Sehr, mehr, Heer, schwer.* Beschämt folgte ich den ausgestreckten Fingern durch die Lobby nach hinten hinaus ins Freie. Das einstöckige Gebäude umschloss einen großen Innenhof. Vor Türen, die aussahen, als lägen dahinter Büros, führten im Erdgeschoss und im oberen Stock Bohlenstege entlang. Die Vorhänge waren zugezogen, aber drinnen brannte

Licht. Dort saßen Leute wohl noch bis spät in den Abend bei der Arbeit. Die Anordnung der Zimmer und der Laufstege erinnerte mich an die Motels meiner Kindheit und an die einsamen Urlaubsreisen mit meinen Eltern. Die Zeiten hatten sich offensichtlich geändert; aber der Swimmingpool war noch in der Mitte des Innenhofs, wie ich es auch erwartet hatte. Während meine Eltern damals langsam durch die Landschaft kreuzten und sich am Steuer abwechselten, döste ich unbeachtet auf dem Rücksitz vor mich hin, eingelullt von ihrem endlosen, zärtlichen Palaver. Ich glaube, meine Lust an der Geschwindigkeit hat mit diesen Ausflügen zu tun. Wir übernachteten immer im gleichen Motel, und sie griffen tief in die Tasche, damit ich ein eigenes Zimmer bekam. Der Pool war eine Oase der Geselligkeit gewesen.

Im Parliament House umgab ein Zaun den Pool, dahinter waren Tische und Sonnenschirme unter blitzenden Laternen aufgestellt, und es herrschte ein solches Gedränge, dass man das Wasser kaum sehen konnte. Auch diese Versammlung bestand ausschließlich aus Männern, die offenbar nicht mit schwerer Arbeit befasst waren. Im Pool planschten sie herum wie kleine Kinder, auf den Bohlenwegen rekelten sie sich wie Babys in der Wiege, und an den Gartentischen saßen sie wie kleine Prinzen und ließen sich bedienen. Ich trat an den Zaun und sprach zwei Männer auf der anderen Seite an, ältere Herren mit weißen Strähnen im Haar, die aussahen wie richtige Senatoren.

»Wissen Sie, wo Jake ist?«

Kichernd fütterten sie einander mit ketchuptriefenden Hamburgerbissen. Beiden lief die rote Soße am Kinn herunter. Erwachsene Männer. Sie sahen mich überrascht an.

»Jake? Ich kenne keinen Jake.«

»Er soll mich nach Winter Park mitnehmen«, fügte ich hinzu.

Da drehten sie sich um und brüllten in das Getümmel: »Jake!«

Sofort näherte sich ein junger Mann. Er war blond und hatte blaue Schlitze, wo andere Leute Augen haben, lange Glieder, mit blondem Flaum bedeckt, und einen langen, sehr nackten Oberkörper. Mit einem Wort, er sah ungefähr so aus wie alle anderen hier. Und auch er schien irritiert, als er mich erblickte.

»Was ist los?«, fragte er.

»Da ist er ja, dein Jake«, sagte einer der älteren Herren, und sie sahen ihn prüfend an. »Aber vielleicht sollten wir ihn lieber für uns behalten.«

Jake starrte mich an und kam nicht näher.

»Sie sind bestimmt eine Freundin von meiner Mutter«, verkündete er feindselig.

»Was bin ich?«, fragte ich. »Woher soll ich denn Ihre Mutter kennen?« Was für eine absurde Vorstellung – hielt mich dieser Kerl etwa für genauso alt wie seine Mutter?

»Sie sagt, du würdest sie nach Winter Park bringen«, mokierte sich der andere ältere Herr.

Der junge Mann schüttelte den Kopf.

»Wohin? Nach Winter Park? Das muss ein anderer Jake sein. Außerdem bin ich gerade erst gekommen und weiß überhaupt nicht, wo dieser Park ist. Irgendwo im Norden vielleicht.«

Er hatte eines dieser Gesichter, auf denen die Gefühle herumwirbeln wie Wind und Wasser. Gerade hatte der Ärger alle Wärme abfließen lassen, da folgte auch schon eine Flut anderer Regungen. Die Schlitzaugen richteten sich auf mich, und die übrigen Gesichtszüge meldeten zwei Gefühlsströme, die sein Herz durchwallten: Ungeduld und aufgezwungene Sorge um einen fremden Menschen.

Er sagte: »Du meinst bestimmt Jake, den Barmann. Ich bring dich zu ihm.«

Er schwang sich über den Zaun und war offenbar bereit, den Pool in seiner knapp sitzenden Badehose zu verlassen. Ich folgte ihm durch einen Wald von Männern, die auseinandertraten, um ihn zu taxieren, während sie mich keines Blickes würdigten. Mehr und mehr kam ich mir vor wie auf einem Kindergartenfest für erwachsene Männer. Wir betraten eine Bar, eine trostlose, düstere Höhle, wo überall an Zigarettenenden kleine Feuer brannten, während aus einer Jukebox ein sentimentaler Schlager triefte. Ich stehe auf Radiohead – meine Ohren würgten an dem süßlichen Brei.

»Ich bin allergisch gegen diese Musik«, sagte ich zu Jake. »Stört es Sie, wenn ich draußen warte?«

Es war albern von mir. Vollkommen nutzlos. Ich hätte mich über den Zigarettenqualm beklagen sollen. Das hätte er verstanden.

»Nein, warte hier«, befahl er, lotste mich vor einen Fernseher, der wie ein Kronleuchter von der Decke hing, und deutete auf einen Barhocker, auf dem ich Platz nehmen sollte. Dann verschwand er in der Menge und ließ mich in einem Kreis von Männern zurück, die mit gereckten Hälsen einer energischen, älteren Frau beim Schimpfen zusahen: Es war Hillary. »Ich werde nie vergessen, wie sie als First Lady am Christopher Street Day mitdemonstriert hat. Das war ungeheuer mutig von ihr … Kein anderer Politiker hat sich das getraut«, sagte einer der Umstehenden.

»Obama sitzt seit drei Jahren im Senat, und kein einziges Mal ist er am CSD mitgegangen. Er fühlt sich unter Schwulen einfach nicht wohl.«

Hillary trug warme Farben – Kostüm, Halstuch, lässigkorrekt. Ihrer Mimik und Gestik nach zu urteilen, stand sie unter Hochspannung. Vielleicht wirkt Erregung auf manche Wähler vertrauenerweckend. Sie bewarb sich gerade darum, das »beste Land der Welt« zu regieren, wie ihr Mann ständig gesagt hatte. Es klang wie »Amerika über alles«. Ich weiß noch, wie peinlich mir das immer gewesen war. Würde ein deutscher Staatsmann das Gleiche von seinem Land behaupten, die Welt würde nervös werden.

Ach, und übrigens: »War sie nicht für den Irakkrieg?«, fragte ich und sah plötzlich wieder dieses Bild vor mir – wie sie mit einem Ausdruck glühender Überzeugung, die Hand dort, wo sie ihr Herz vermutete, den Blick auf Präsident Bush gerichtet, für ihn und seinen Krieg stimmt. Ich interessiere mich nicht besonders für Politik, aber irgendwie war mir dieses Bild im Gedächtnis haften geblieben.

»Wenn eine Frau Hillary nicht leiden kann, ist das ein sicheres Zeichen für ihre Frauenfeindlichkeit«, befand einer meiner Nachbarn.

»Oh, ich mag Hillary, sogar sehr«, sagte ich. Ich sagte nicht: Ich habe keine Ahnung, von wem ihr da eigentlich redet. Und ich fügte auch nicht hinzu: Obama ist mir lieber als Hillary, weil er mich an einen Portier erinnert, den ich mal kannte.

»Sie sind keine Amerikanerin, oder?«, fragte ein anderer abschätzig. »Zumindest nicht hier geboren. Sie wissen vielleicht nicht, was hier auf dem Spiel steht. Die Schwulen leiden unter brutaler Diskriminierung.«

Ich war froh, als ich meinen Freund Jake mit einem Glas Rotwein zurückkommen sah, das er mir zusammen mit einem Schlüssel in die Hand drückte. Er hatte etwas getrunken, das roch ich.

»Allein kommst du nicht weit. Hier ist mein Zimmerschlüssel, Nummer 173. Warte da auf mich. Du kannst dir was beim *roomservice* bestellen – was du willst. Gib mir ein paar Minuten, dann bringe ich dich überallhin, meinetwegen auch nach Winter Park. Aber bleib bitte im Zimmer. Ich komme gleich.«

»Was soll denn das jetzt wieder heißen?«, fragte jemand ungehalten.

Zimmer 173

Genau wie Menschen haben auch Zahlen ein Erscheinungsbild. Sie können ungelenk oder anmutig oder einfach nur plump sein. 64 ist ein korrupter Staatsmann, während die 59 vorwärts rollt, ein bisschen dickschädelig vielleicht, aber kraftvoll. Die Zahl 173 ist offenherzig und hat die Ruhe weg, und sie enthält das Jahr, in dem ich geboren bin, die 73, und damit eine Garantie, dass ich in diesem Zimmer gut aufgehoben sein würde. Ich nahm Jakes Angebot sofort an. Sein Zimmer lag im ersten Stock. Als ich über den Laufsteg ging, sah ich viele Vorhänge, die etwas beiseitegezogen wurden, und nackte Männer, die hinausblickten. Andere Männer klopften an den Türen, traten ein, und dann wurden die Vorhänge geschlossen. Es war also doch ein Motel. Und mehr als das. Für sie war es das Paradies.

Das Bett in Zimmer 173 war breit genug für einen König samt Gefolge – dazu Hotelmobiliar aus einem vergangenen Jahrhundert. Flecken an den Wänden und auf dem Teppich erinnerten an stürmische Zeiten. Es gab keinen Fernseher, ein Zeichen für die Ernsthaftigkeit dessen, was hier stattfand. Ich rief den Zimmerservice an und bestellte einen von den Hamburgern, die mir schon unten am Pool aufgefallen waren. Dann ließ ich mich mit meinem kleinen Computer in das große Bett sinken, und plötzlich gab es nur noch mich und ihn auf dieser Welt. Er war gut aufgelegt, fuhr ohne zu zögern hoch und klinkte sich in das hauseigene Wifi-Netz ein. In Google News sah ich noch mal nach, wann und wo genau Pauls Party steigen sollte. Ich hatte mich nicht geirrt, und wenn mein Kavalier im Laufe der nächsten Stunde erschien, würde alles glatt gehen. Ein Link auf der Seite bat mich um Anmeldung für den Abend. Sobald ich ihn anklickte, öffnete sich ein Dialogfeld, in dem ich nach der Nummer meiner Kreditkarte gefragt wurde. Auch hier wurde um Geld gebettelt – die Kosten für den Abend: zweihundert Dollar. Es gab auch einen Button für »Anderer Betrag«. Ich gab eine »0« ein, füllte die Angaben zu meiner Person aus und klickte auf »Absenden«. Ich fand es peinlich, dass auch Paul für Almosensammler tätig war. Schließlich sah ich nach meiner E-Mail. Hans hatte mir noch ein weiteres nettes Briefchen geschickt. Ich würde ihm fehlen. Er fehlte mir auch. Was Ivan wohl in diesem Augenblick tat? Es war lange nach Mitternacht seiner Zeit – bis vorgestern noch unsere. Wahrscheinlich versuchte er zu schlafen, was ihm nicht leichtfiel. Er litt unter Schlaflosigkeit und ließ jeden, der in seiner Nähe war, an ihr teilhaben. Ich freute mich auf meinen Abend mit Paul.

Ich hörte gar nicht, wie der Zimmerservice klopfte. Als mein Hamburger kam, war ich längst eingeschlafen.

Zimmer 173

Mich weckte das Licht der Morgenfrühe, das durch die dünnen Plastikvorhänge sickerte. Rauchkräusel stiegen darin hoch, und ich erkannte eine Gestalt, die auf dem Boden unter dem Fenster hockte. Sie kauerte da wie ein riesiger Embryo, doch dann löste sich ein Rauchring von ihren Lippen. Sie sog an einer kleinen Pfeife. Langsam, immer noch zusammengekrümmt, legte sie sich auf die Seite und verharrte minutenlang reglos. Ich wurde unruhig.

»Jake?«

Er rollte sich auseinander und fuhr in die Höhe. Seine Augen funkelten im Dunkeln.

»Wer bist denn du?«, fragte er.

»Jake, Jake – ich bin's, deine Freundin von gestern Abend. Du hast mich hierher geschickt, ich sollte auf dich warten«, sagte ich mit so viel Ruhe, wie ich aufbringen konnte. »Du wolltest mich zu meinem Park bringen – ich hab schon vergessen, wie er heißt.«

Er starrte zu mir herüber und begann dann mit seiner Pfeife zu hantieren.

»Mach das Licht an!«, sagte er, und ich tat ihm den Gefallen, obwohl ich seinen Befehlston nicht mochte. Anscheinend suchte er etwas, das ihm abhandengekommen war, er klopfte und kratzte auf dem Teppichboden herum, bis er es gefunden hatte. Dabei machte er große Handbewegungen wie ein Priester bei der Wandlung, mit der gleichen Inbrunst. Dann setzte er sich aufrecht, warf den Kopf nach hinten, kreuzte die Beine und hielt sehr lange den Atem an. Nach einer Minute ließ er die Luft heraus und lächelte mir zu. »Das war's«, sagte er mit rauer Stimme. »Ich bin fertig.«

Er stand auf, öffnete die Tür und warf die Pfeife über das Geländer des Laufstegs. Klirrend zerbrach sie auf dem Pflaster des Innenhofs. Dann kam er wieder herein, näherte sich dem Bett und setzte sich zu mir. Ich ließ ihn. Er kam mir fiebrig vor, unruhig, heiß. Seine Finger begannen, mit einer Haarsträhne zu spielen, wickelten sie auf wie ein rotes Band. Er starrte sie an, gab sie zurück, sah zu, wie sie mir wieder auf die Schulter fiel, und verkündete: »Wie schön du bist!« Und dann sagte er: »Gott, ich kann kaum sitzen – so weh tut es mir. Dieser andere Jake ist wirklich ein Tier. Aber er hat Geld. Ich brauchte den ganzen Abend keinen Cent.«

Er legte sich neben mich auf das Bett und starrte an die Decke, als suche er Rat bei ihr. Und tatsächlich sprach nun die Decke durch seinen Mund: »Du fährst jetzt nach Hause. Du lässt diese Frau zu deiner Mutter sagen, sie sei eine Lehrerin von dir und du hättest bei ihr und ihrem Mann übernachtet.« Er wandte sich mir zu. »Versprich mir, dass du das tust. Du bist die Leiterin von meinem Kochkurs. Gestern Abend haben wir Brot gebacken.«

Ich betrachtete ihn. Die Haut seines Gesichts sah aus, als sei sie zu stramm über die Knochen gespannt, und die Augen quollen ihm aus dem Kopf. Er wandte sich mir zu und fragte in flehendem Ton: »Kannst du fahren?«

Der Pick-up

Dumme Frage! »Frag lieber, ob ich will!«, gab ich zurück. Vielleicht war es unfair, ihn derart wörtlich zu nehmen. Meine Reaktion irritierte ihn jedenfalls so sehr, dass er gar nicht darauf einging. Aber als ich dann seinen Wagen sah, waren alle Vorsätze, nie wieder ein Lenkrad anzufassen, vergessen.

Jakes Vater hatte die Familie vor ein paar Jahren verlassen, offenbar im Auto von jemand anderem, denn seinen roten Pick-up hatte er dagelassen. Als Jake sechzehn wurde und seinen Führerschein bekam, ging auch der Pick-up an ihn. Einfache, ehrliche Innenausstattung mit Plastiksitzen, Radio und offener Verdrahtung. Der Junge hielt ihn blitzblank. Der Schalthebel war ein richtiger Arm und lag wunderbar in der Hand. Und schon stellte ich mir vor, wie ich den Pick-up aus seinem gleichmäßigen, kraftvollen Trott auf Trab bringen würde.

Ivan hatte nicht mal einen Führerschein, genauso wenig wie seine Frau oder sonst jemand in seiner Familie. Einmal, als ich ihn damit aufzog, fuhr er mich an: »Kann ich eine U-Bahn fahren? Nein. Es gibt jemanden, der sie für mich fährt. Es gibt auch jemanden, der für mich Auto fährt. Wozu also?« Ich hatte mir eingebildet, er werde seine Meinung ändern und sich einen Wagen anschaffen, wenn ich ihn darin chauffierte, wann und wohin er wollte. Ich war mir so sicher, dass ich auch sonst viel besser für ihn sein würde als seine Frau, viel amüsanter und so viel hübscher. Aber er machte sich anscheinend nichts aus meinen Vorzügen. Die Sache war mir immer noch ein Rätsel. Wenn mich Ivan jetzt bloß sehen könnte, wie ich einen roten Pick-up für einen *handsome young man* lenkte, der jünger war als seine Tochter! Aber er konnte mich ja wirklich sehen. Ich konnte mit meinem Mini-Rechner einen Schnappschuss machen und per E-Mail verschicken.

Aber vorher musste ich herausfinden, wie man diesen Sitz einen Meter nach vorn schob. Jake war im Augenblick zu nichts zu gebrauchen und fläzte sich wenig fotogen auf dem Beifahrersitz herum. Als ich endlich so weit war, mich angeschnallt hatte und den Wagen anließ, musste ich brüllen, um mir Gehör zu verschaffen: »Wohin denn nun, Jake?«

Angst schlug ihm ins Gesicht, seine Züge verrutschten. Er zwinkerte mit den Augen und sah mich an, als müsste er sich orientieren, wer ich sei. Dann starrte er auf die Straße.

»Da lang – den Orange Blossom Trail.«

»Ich habe eigentlich nichts gegen hässliche Gegenden«, sagte ich. »Aber das hier – Jake, sieh doch mal. Das nennt man ›Broken-Windows-Syndrom‹. Wenn ein Fenster eingeschlagen ist und niemand es repariert, springt das auf alle anderen über. Ist dir das schon mal aufgefallen?«

»Wie bitte?«, schrie er.

Ich liebte das mahlende Geräusch der Motors, den Wind, der durch die Ritzen der Karosserie pfiff, das Quietschen der Aufhängung, und dann streckte Jake den Arm aus und schaltete die Top Ten aus der Hitparade dazu. Ich ließ ihn gewähren und brachte den Truck auf Touren. Jake hing schlaff in seinem Sitz, aber hin und wieder wies er mich an, die Spur zu wechseln oder abzubiegen. Irgendwann war der Orange Blossom Trail zu Ende. Alle Straßen sahen gleich aus, alle waren gleich trostlos, Palmen bildeten ihre schäbige Knabberkante. Meilen versickerten in Minuten, und der Wagen sang Omm. Dann endlich eine Abwechslung: ein großer See in der Ferne, davor weiße Kirchen, Motels und Tankstellen wie aus dem Bilderbuch, mehrere Beerdigungsinstitute direkt an der Hauptstraße und schließlich eine Ampel. Wir waren in eine Stadt gelangt. »Willkommen in E***«, sagte Jake. »Sechsundvierzig Kirchen. Zwei Stadtteile – *niggertown* und *whitetown*. Zwanzig Crackhöhlen. Einer von den Astronauten ist hier aufgewachsen. Ein Nobelpreisträger in Physik hat zwei Jahre hier gewohnt. Ein Weltklassepianist ist hier geboren und lebt immer noch hier. Und dann gibt es noch mich.«

Er klang verbittert. Ich streckte die Hand aus und tätschelte seinen heißen Blondschopf wie einen traurigen Hund. Er schloss die Augen und genoss die Zärtlichkeit. Ich fragte mich, ob sich die fabelhaften Männer von hier, aus E***, an dieser nichtssagenden Straße zu Hause fühlten, ob sie diese Gegend so gut und bis in die letzten Ecken kannten wie ich zum Beispiel die Parisbar in Berlin. Ich freute mich auf Jakes Zuhause. In meiner Vorstellung war es ein rotes Backsteinhaus – gepflegter Treppenaufgang, eine Veranda, die in die blitzende, nach Toast und Kaffee duftende Küche führte, ein kleiner Salon, ein Schlafzimmer mit frischer Bettwäsche. Als Leiterin von Jakes Kochkurs würde mich seine Mutter gut behandeln. Sie würde uns etwas zu essen auf den Tisch stellen und mir den Weg zum Gästezimmer zeigen.

Wir fuhren weiter, durch lange Korridore mächtiger Eichen, die dicht mit dunkelgrünen Tillantsien behängt waren. »Warum nennt man die eigentlich Spanisches Moos?«, fragte ich, aber mein Beifahrer beachtete mich nicht.

»Das sind Epiphyten«, drang es aus einer abgelegenen Vorratskammer meines Hirns hervor, »Schmarotzer, die auf anderen Pflanzen leben. Elfte Klasse Biologie. Ich hasste den Unterricht und bin dann auch durchgefallen. Kurz bevor ich von der Schule flog – die Erlösung! Epiphyt muss von dem griechischen ›epi-‹ herkommen. Man könnte meinen, es heißt ›essen‹. Aber es heißt bloß ›auf‹, und ›phyte‹ heißt natürlich einfach ›Pflanze‹. Aufsitzerpflanze. Komisch, dass ich das nach all den Jahren noch weiß, obwohl ich in Griechisch ebenfalls durchgefallen bin. Es war so sterbenslangweilig. Aber das Griechische hat sich an mir gerächt und klebt mir jetzt im Gedächtnis wie alte Marmelade.«

Jake fand meine Konversation offenbar öde, und ich konnte ihm keinen Vorwurf daraus machen. Aber ich fühle mich wohler, wenn ich mich in einem Serienwagen unterhalten kann, und Jake war nicht in der Verfassung, sich dagegen zu wehren wie Ronny, also blieb ich dabei.

Durch die Eichenkorridore gelangten wir in einen endlosen Saal: die High Society der Orangenhaine, die Bäume aufgereiht wie Südstaatenschönheiten in großen, grünen Ballkleidern. Ihr Duft drang in den Wagen, ganz angenehm, falls man Parfüm mag. Mir liegt er weniger. Was das angeht, bin ich ein bisschen eigen. Ich liebe zum Beispiel den Duft von heißem Teer und von allem, was mit Tankstellen zu tun hat, und ich kann gar nicht genug bekommen vom Duft eines Mannes, der sich um Deodorants nicht kümmert (O Ivan!). Jake verströmte in diesem Moment einen eigenen, seltsamen Duft, der mir ebenfalls gut gefiel – er kam von dem weißen, klumpigen Tabak, den er im Parliament House geraucht hatte. Aber ich machte ihm dafür kein Kompliment, schon aus Sorge, er könnte mir übel nehmen, dass ich ihn überhaupt wahrnahm. Ich wendete meine Aufmerksamkeit wieder der Landschaft zu und war dankbar für die gelegentlich auftauchenden Anzeichen von Zivilisation – ein weit von der Straße zurückliegendes Holzhaus, gut gepflegt oder heruntergekommen, zwischen schmucken Gärten oder umgeben von Autokadavern und fleckigen Matratzen voller Geschichten, von denen selbst ein Schriftsteller (Ivan!) nichts wissen wollte.

»Fahr weiter!«, brummte Jake.

Wir kamen an einem Schild vorbei: »Welcome to Umatilla«. Umatilla besaß eine als solche erkennbare Hauptstraße mit einem Futtermittelladen, einem Motorradgeschäft, mehreren Tankstellen, einem Diner, einem Friedhof und ein paar Kirchen.

»Fahr weiter!«, sagte Jake.

»Welcome to Altoona.« Altoona kam und war wieder vorbei – ein kurzes Vorbeiwischen von ein paar unscharfen Holzhäusern.

»Fahr weiter!«

»Welcome to Pittman.« Nichts. Bloß das Schild. Und ein paar Trailer.

»Halt. Bieg hier ab!«, befahl Jake. Der Wagen holperte über Gras. Eine Wiese war mit Fahrzeugen zugeparkt, die meisten von ihnen auch Pick-ups. Dahinter war der weiße Trailer mit dem Kreuz auf dem Dach kaum zu sehen.

»Los, komm!« Jake sprang aus dem Wagen und schlängelte sich zwischen den anderen Fahrzeugen hindurch auf den Trailer zu, ohne auf mich zu warten.

Der Trailer

Die Betonstufen vor dem Trailer waren vor Jahrtausenden gegossen worden, mit Rissen marmoriert und mit grünem und gelbem Unkraut verziert. Eine eiserne Balustrade an der Seite hatte dem Händedruck von Generationen und dem Rost nachgegeben und schwankte im Winde. Man betrat den Trailer von der Rückseite und sah dann vor sich fünf Reihen hölzerner Bänke, die einem einfachen Holzkreuz an der Stirnseite zugewandt waren. In der ersten Reihe saßen einige Mitglieder der Gemeinde und blickten nach der Kanzel unterhalb des Kreuzes, auf die man einen großen Fernseher gehievt hatte. Vom Bildschirm sprach ein Pfarrer zu den Versammelten. Sobald unsere Schritte auf dem Fußboden aufschlugen, erstarrte er mit offenem Mund. Die Köpfe in der Kirche fuhren zu uns herum. Stimmen riefen: »Hallo, Jake.«

Der Pfarrer verharrte noch immer reglos, und ich begriff, dass er auf einem Video war. Aber nun blickte seine Gemeinde zu mir herüber. An so was bin ich gewöhnt. Ich reckte mich, zog den Bauch ein, fuhr mir mit den Fingern durchs Haar und lächelte für die Öffentlichkeit. Ein sonnengegerbter Mann in bäuerlicher Kluft kam mir durch den Mittelgang auf halbem Weg entgegen und hielt mir seine Klaue hin.

»Ich bin Johnny, der Pastor hier. Und wie heißt du?«

An der Art, wie er mein Äußeres musterte, sah ich, dass er Witwer war.

»Clarissa«, erwiderte ich.

»Wir heißen dich mit Freuden willkommen, Schwester Clarissa, zu unserer Bibelstunde.«

Vorne auf der linken Seite beginnend, machte er mich nacheinander mit allen Gemeindemitgliedern bekannt.

»Das hier ist Schwester Frankie.«

»Willkommen, Schwester Clarissa«, sagte sie förmlich. Sie sah aus wie eine alte Nonne in Zivil.

»Bruder Joey.« Ein Rohling, übersät mit Narben aus handfesten Auseinandersetzungen.

»Willkommen, Schwester Clarissa.«

»Schwester Darlene.« Ein Dickerchen.

Nachdem die Vorstellung beendet war, wandte er sich an meinen Wegbegleiter.

»Jake, deine Mutter hat sich große Sorgen um dich gemacht. Setz dich bitte zu ihr!«

Jake gehorchte und ließ sich neben Schwester Frankie

auf die Bank plumpsen. Ich setzte mich neben den Pastor in die rechte erste Reihe. Er wollte noch etwas sagen.

»Schwester Clarissa, magst du uns ein bisschen von dir erzählen?«

»Ich bin aus Deutschland.«

»Wann wurdest du errettet?«

»Gar nicht.«

»Dann ist es ja gut, dass du gekommen bist. Gut, dass Jake dich mitgebracht hat. Nehmt euch jeder eine Bibel. Wir lesen gerade das Fünfte Buch Mose, Kapitel zwei, Vers eins bis fünfzehn. Die Israeliten sind auf Geheiß des Herrn unterwegs nach Kanaan. Ihre Wanderung begann achtunddreißig Jahre zuvor in einem Tal, und eben ist der letzte Kriegsmann aus der Generation, die damals aufbrach, gestorben. Die Menschen sind des Herumziehens müde. Sie wollen die Reise am liebsten abbrechen und bleiben, wo sie gerade sind, und vom Gelobten Land nichts mehr hören. Alles klar? Also Kapitel zwei, Vers fünfzehn.«

(Vers = Ivan)

»Hast du die Stelle?«, fragte mich der Pastor. »Und du, Jake, beteiligst dich bitte heute mal richtig! Aber zuerst wollen wir hören, was uns der Pfarrer zu sagen hat. Wir können zusammen mit ihm lesen.«

Jake sagte nichts. Er rekelte sich neben Frankie und versperrte mit seinen langen Beinen den Gang. Bei näherem Hinsehen erwies sich Frankie als eine anziehende Person – die Augen von der Farbe des Wassers, auf dem Jesus wandelte, das Haar von der Farbe des Esels, auf dem er in Jerusalem Einzug hielt. Ein breites, glückliches Lächeln ließ Zähne sehen, die der Teufel bemalt hatte – Tabak.

Der Fernsehpfarrer wurde wieder zugeschaltet, sodass er seinen Satz beenden und seinen Weg durch das Fünfte Buch Mose fortsetzen konnte. Ich schweifte ab. Ivan. Mit blinden Augen stierte ich in meine Bibel. Erst als Frankie neben mir sich plötzlich kerzengerade aufrichtete und etwas vor sich hin zischte, schaltete ich wieder auf Empfang. Die Juden, sagte der Fernsehpfarrer, seien nicht besser als andere Menschen, eigentlich sogar schlechter. Frankie unterbrach ihn: »Was soll denn das jetzt heißen?! Wahrscheinlich ist er bloß neidisch, weil die Bibel von den Juden geschrieben wurde.«

Der Pastor zückte die Fernbedienung und stoppte das Video. Er glaube nicht, dass der Fernsehpfarrer neidisch sei, sagte er, räume aber ein, dass man ihm nicht in allen Punkten zustimmen könne. »Ich kann euch jedoch versichern«, fügte er hinzu, »die Auferstehung stellt dieser Pfarrer bestimmt nicht in Frage.« Frankie nahm ihre Kritik fürs Erste zurück, aber sie machte so deutlich, was sie in diesem Augenblick lieber getan hätte – das Fünfte Buch Mose *live* lesen –, dass auch der Pastor ihr diesen Wunsch nicht abschlagen mochte. Er drückte den Auswerfenknopf, und die Videocassette glitt aus dem Recorder. Im laufenden Programm kam gerade eine Comedy-Serie. Der Pastor stellte den Ton leise. Als ich noch beruflich in der Welt unterwegs war, habe ich immer wieder festgestellt, dass die Menschen in der Dritten Welt einen im Hintergrund laufenden Fernseher ausgesprochen gemütlich finden. Die Gemeindemitglieder wandten sich wieder ihren Bibeln zu und begannen nun, gemeinsam die Bedeutung jedes einzelnen Wortes im Text zu erörtern. Auch mich fragten sie von Zeit zu Zeit, wie ich eine Stelle deutete. Aber ich ließ es dabei bewenden, mich dem, der zuletzt gesprochen hatte, anzuschließen. Trotzdem musste ich auf der Hut bleiben, konnte nicht vor mich hin träumen, sodass mir vor lauter Denkanstrengung bald der Kopf rauchte.

Plötzlich begriff ich: Diese Hinterwäldler diskutierten

über ein Buch! Und zwar genau so, wie es Ivan und seine Kollegen taten. Die Geistesgrößen im »Norden« fürchteten sich vor dem Analphabetismus und der Unwissenheit, die angeblich im »Süden« herrschten. Aber diese Amerikaner in ihrer Trailerkirche waren genauso wie die ehrwürdigen Professoren, die ich aus New York oder Berlin kannte – mit dem Unterschied, dass sie nicht glaubten, die Bildung gepachtet zu haben, und neugierig waren, was ich zu ihrer Diskussion beizutragen hatte.

Der zweite Trailer

Nachdem das eine ganze Stunde so gegangen war, erlahmte der Pastor und verkündete, wer von dem Fernsehpfarrer mehr erfahren wolle, könne ihn jeden morgen um halb neun live aus Oklahoma sehen. Zusammen mit Joey wuchtete er den Fernseher von der Kanzel und stellte ihn unter das Holzkreuz auf den Boden. Als er sich wieder aufrichtete, hielt er eine Gitarre in der Hand, baute sich neben der Kanzel auf, klimperte ein paar Takte auf seinem Instrument und stimmte ein Lied an. Er hatte eine samtige Stimme, konnte den Ton halten und spielte eine gute Rhythm-and-Blues-Begleitung. Er sang ein paar Kirchenlieder, ließ dann die Gitarre sinken und fragte, was Schwester Clarissa denn nun vorsingen wolle. Ich gab zu, dass ich keine Kirchenlieder kannte, und schob die Schuld auf Deutschland. Dort singt ja niemand. Glücklicherweise glaubten sie mir das ohne weiteres. Erst jetzt fiel mir siedend heiß ein, dass ich als Leiterin von Jakes Kochkurs hier war und soeben sein Alibi hatte auffliegen lassen. Aber anscheinend interessierte sich niemand dafür, wo Jake die letzte Nacht verbracht hatte – zumindest jetzt noch nicht. Das Wort »kochen« machte mir den Mund wässrig, aber der Pastor war mit seinem Programm noch nicht durch. Er fragte die Gemeinde, für wen jeder beten wolle.

»Los, Jake, jetzt sag auch mal was!«, sagte Frankie, und Jake schlug seinen Freund Brad vor, der gerade zum fünften Mal wegen Drogenbesitz im Knast sitze. Die ganze Gemeinde beklagte, dass die Justiz mit jungen Straftätern zu streng umgehe, und dann fragten sie mich, für wen ich beten wolle.

»Für Ivan«, sagte ich, und sie wollten wissen: »Warum?«

Schlagfertig erwiderte ich, Ivan sei ein guter Freund gewesen und er sei gerade von mir gegangen.

Doch der Pastor sagte, dann sei es ja nicht nötig, für Ivan zu beten, denn er sei nun an einem Ort, wo es ihm viel besser gehe als vorher. Stattdessen sollten wir für Ivans Eltern, seine Frau und seine Kinder beten. Das gab mir einen Stich, aber ich konnte nicht mehr zurück. Dann betete der Priester inbrünstig und, wie mir schien, sehr taktvoll, Gott möge Ivans *loved ones* trösten, sodass ich mich doch einbezogen fühlte.

An zweiter Stelle beteten wir für Brad, den Drogensüchtigen. Der Pastor sagte, Gott sei nicht zimperlich – sie alle wüssten, dass Gott wisse, warum Brad sich immer wieder in solche Schwierigkeiten bringe, und dass Gott ihm helfen werde, den Weg zu Jesus zu finden. Er schob dann ein Gebet für zwei Leute ein, deren Kind Krebs hatte, und ließ sehr leise noch eine lange Litanei mit Namen von Personen folgen, die am nächsten Sonntag doch bitte zum Gottesdienst erscheinen sollten, denn vier Gemeindemitglieder, des Pastors eigene Frau schon mitgezählt, und ein Gast – das sei einfach lachhaft.

Und dann verkündete er: »Gesegnete Mahlzeit!«

Er lud auch mich zum gemeinsamen Abendessen in seinem Trailer ein. Ich entschuldigte mich, dass ich nichts mitgebracht hätte. Aber sogleich begannen alle Stimmen zu läuten wie die Kirchenglocken und beteuerten, das sei doch überhaupt nicht nötig, ich sei auch so willkommen, und dann deuteten sie auf einen Opferstock im hinteren Teil des Trailers. Dort könne ich ja etwas spenden, wenn ich wolle. Das tat ich. Ohne das geringste Bedauern schob ich einen Zwanzigdollarschein in den Kasten – was leider niemand mitbekam, denn alle sahen weg, als ich mich dem Opferstock näherte, und horchten nur, ob Münzen klingeln oder ein Geldschein rascheln würde.

Gemeinsam traten wir hinaus in die warme Nachmittagssonne und gingen über einen Teppich aus üppig wucherndem Unkraut auf einen Trailer zu, der kleiner war als der geweihte. Es waren nur ein paar Meter, aber unterwegs herrschte Krieg: Moskitos griffen aus der Höhe an, Grasmilben von unten – und man weiß ja, wie in der Gegenwart von Insekten alle Uhren langsamer gehen und alle Wege lang und länger werden. Das Zuhause des Pastors war bescheiden – ein Raum, groß genug, sich darin umzudrehen, mit zwei Etagenbetten. Er und seine Schwester teilten ihn sich mit mehreren anscheinend wohlgenährten Kötern und ungefähr fünf Büchern, die alle Gott im Titel führten und auf dem Küchenregal zwischen den Gewürzen standen.

Wir setzten uns auf die »Veranda« – einen Betonklotz vor dem Trailer. Die dicke Darleen deckte einen Picknicktisch mit Wegwerfgeschirr und Colabüchsen. Das Hauptgericht bestand aus Nudeln mit Mayonnaise. Aber es gab auch *fresh bread*, wattiges Weißbrot, letzte Woche von Jake in seinem Kochkurs gebacken, und dazu einen Brotaufstrich aus Rahmkäse, Butter und Zucker. Eine große Tüte Kartoffelchips und ein Teller voll Schokoladenplätzchen rundeten das Bankett ab.

Darleen machte es sich direkt neben dem Tisch bequem. Die dünneren Leute saßen weiter weg auf Plastikstühlen. Jake legte sich auf ein kaputtes Sofa, das an der Seitenwand des Trailers lehnte, und seine Mutter sagte leise: »Nimm die Füße vom Sofa.«

Ich lobte das hübsche Blumenmuster des Sofas, was mir eine weitere Portion Kartoffelchips einbrachte. Die Hände des verwitweten Pastors waren zu knorrig, als dass sie ein Leben lang immer nur in der Bibel geblättert haben konnten. Ich fragte ihn, wann er zu Gott gefunden habe, und er erzählte mir, er habe früher als Bergarbeiter in Kentucky gearbeitet und sei sogar Gewerkschaftsführer gewesen. Um mir private Fragen vom Leib zu halten, fragte ich sie weiter nach ihrem Leben aus, und sie erzählten, das größte Problem in der Gegend seien die bösen Geister, von denen es im Lake County nur so wimmele. Jake tauchte aus seinem Halbschlaf auf und murmelte: »Sie meinen böse Menschen.« Aber Frankie, seine Mutter, widersprach ihm mit sanfter, trauriger Stimme: »Böse Geister, Jake!«

Was für Geister das denn seien, wollte ich wissen. Und sie sagten, die tropischen Wälder seien voller Obdachloser, Sünder, die Drogen nähmen. Der Pastor besuchte sie jeden Tag mit der Gitarre und spielte ihnen Jesus-Lieder vor. Frankie kam mit. »Wenn man nichts zu essen für sie dabeihat«, sagte sie, »wollen sie nicht mit einem reden. Man muss ihnen was geben. Dann hören sie schon mal zu.«

Plötzlich raffte Jake sich auf, raste zu dem gedeckten Tisch und stopfte die Nudeln mit einem solchen Tempo in sich hinein, dass die dicke Schwester des Pastors keine Chance hatte, noch etwas abzubekommen. Mit einem

Stück von seinem selbstgebackenen Wunderbrot wischte Jake die Schüssel aus, wandte sich dann dem Aufstrich aus Rahmkäse und Butter zu und verputzte ihn mit einem Löffel. Seine Mutter beobachtete ihn scharf. Jake setzte sich wieder und beschwerte sich über die Kriminalitätsrate in diesem County, die höchste im ganzen Bundesstaat. Er wolle bald nach Orlando ziehen und dort die Kochschule besuchen. Dann schlief er wieder ein.

»Er hatte wohl Hunger«, sagte Frankie und lachte zu laut.

»Es ist das Alter«, sagte Darleen. »Da essen sie so viel.«

Sie sah zu Joey, dem Rohling, hinüber, der nie den Mund aufmachte, und sagte, es gebe übrigens ein neues Gesetz, dass Straftäter, wenn sie ihre Strafe abgesessen hätten, wieder wählen dürften, und das sei doch eine gute Sache. Mir kam der Gedanke, Joey sei vielleicht auch mal ein Straftäter gewesen. Weil ich endlich auch etwas sagen musste, fragte ich, wen sie denn wählen würden. Alle schwiegen.

In diesem Augenblick fuhr Jake wieder aus dem Schlaf hoch und kehrte noch einmal an den Esstisch zurück – den Blick fest auf die Tüte mit den Kartoffelchips gerichtet. Frankie schnappte sie ihm vor der Nase weg und fauchte ihn an: »Nein! Genug ist genug.« Und dann sagte sie: »Du bist ein richtiges Ferkel.«

Bei diesen Worten beschloss ich, den Rückzug anzutreten. Ich vertrage es nicht, wenn Leute streiten oder sich gegenseitig beschimpfen. Nein, das hat nichts mit meiner Kindheit zu tun. Meine Eltern haben sich fast zu gut verstanden – einziges Kind eines schwerverliebten Paares zu sein bedeutet ununterbrochenes Elend. Außerdem hatten mich die Moskitos total zerstochen, und obendrein schwirrten zwei Wespen in der Gegend herum. Jake zog sich auf sein Sofa zurück. Frankie schimpfte immer noch mit ihm.

»Ich bekomme einen Kreislaufkollaps, wenn ich gestochen werde«, sagte ich. Eine Notlüge, die mich schon seit Jahren vor Gottes freier Natur bewahrte.

Trotz ihres Gottvertrauens, das jeden Arzneischrank überflüssig machte, schienen sie beunruhigt, sodass ich nicht gegen die Etikette verstieß, als ich mich eilig verabschiedete. Doch dann war mir die Erleichterung, hier endlich wegzukommen, selbst wieder peinlich, und so schenkte ich, während ich aufstand und mein weißes Kleid glatt strich, mein allerreizendstes Lächeln dem alten Joey, der bis zu diesem Augenblick noch kein einziges Mal den Mund aufgemacht hatte. Jetzt aber, als mein Charme ihn bestrahlte, begann er zu sprechen: »Ich wähle Obama. Ich bin es leid, das zu verheimlichen. Ich mag ihn. Er ist ein Gentleman.«

Die anderen starrten auf ihre Turnschuhe. Dann räusperten sie sich einer nach dem anderen und sagten: »Ich auch. Obama, guter Redner. Doch, den wähle ich.«

»Ich ebenfalls.«

Der Pastor hatte seine Schäfchen aufmerksam betrachtet. Zuletzt sagte er: »Ich bin ja selbst für Obama. Aber wählen kann ich ihn nicht. Ich bin noch drei Jahre auf Bewährung.«

»Ich muss los«, sagte ich. »Alles Gute. Und meinen herzlichsten Dank für alles.«

Ich holte meine Tasche aus Jakes Pick-up und verabschiedete mich auch von dem Lenkrad. Seit langem war mir kein Wagen mehr so zu Herzen gegangen wie dieser. Er rührte mich mehr als Jake, mit dem ich doch inzwischen fast vierundzwanzig randvolle Stunden verbracht hatte. Wenn man auf Reisen an einen Fremden gerät, kann es vorkommen, dass er einem für kurze Zeit zum wichtigsten Menschen im Leben wird. Jetzt konnte ich ihn wieder vergessen.

Erst als ich die Straße erreicht hatte, fiel mir ein, dass ich gar nicht wusste, wo ich überhaupt hinwollte.

Altoona

Ich hielt keine vorbeikommenden Autos an. Ich marschierte auf dem grasüberwachsenen Seitenstreifen die Straße entlang und genoss es: Wo keine Bürgersteige sind, braucht man auch keine Fremden zu überholen, braucht sich nicht zwischen ihnen hindurchzuschlängen, braucht sich nicht mit ihnen zu vergleichen. Zeit ging vorbei und meilenweite Einsamkeit. Selbst Schritte können »Ivan« sagen. Die Insekten um mich herum summten seinen Namen, das Moos auf den immergrünen Eichen trauerte um ihn, Wolkentürme formten sein Profil. Die Autos preschten genauso schnell an mir vorbei wie er, und sogar die Schildkröte, die mit mir in dieselbe Richtung kroch, hätte meine Obsession längst hinter sich gelassen.

Mir fiel ein, was mir mal eine Freundin gestanden hatte: Nachdem sie das Objekt ihrer Zuneigung, einen Alex, schon vollkommen vergessen hatte, das war lange nachdem sie diesen Alex erst erobert und dann verloren hatte, da begann sein Name zu klingen, und nachdem sie ihn anschließend mit List und Ausdauer wieder zurückgewonnen hatte, nur um festzustellen, dass sie ihn eigentlich doch nicht wollte – lange nachdem all das geschehen und längst vorbei war, hatte der Name »Alex« noch immer in ihrem Kopf geläutet, ein Abstraktum, ein Wort für »Verlust«. Wenn sie den Bus verpasste, sagte sie »Alex«. Und wenn sie sich Sorgen machte, ihr neuester Liebhaber könnte ihrer überdrüssig werden, sagte sie den ganzen Tag »Alex, Alex, Alex«, obwohl dieser Neue Justus hieß.

»Ivan« enthielt zumindest ein »I« wie »ich«, die erste Person Singular. Also ging es nicht bloß um ihn. Und da zusammen mit dem Namen auch noch immer sein Gesicht, seine alten, warmen Hände und sein Geruch nach Aschenbecher vor mir auftauchten, hatte sich meine Liebe zu ihm aus diesem Namen noch nicht verflüchtigt, was allerdings meine Lage keineswegs besser machte. Gram und Trübsal waren meine einzigen Begleiter. Da kam mir New York wieder in den Sinn. Bloß, dass ich jetzt gerade in Altoona war.

Altoona … Obama.

Wenn man in Schwierigkeiten steckt, sucht man natürlich nach Hilfe. Vielleicht konnte mir Obama tatsächlich helfen. Schon allein der Gedanke an sein unkompliziertes Gesicht, an die fröhlichen, runden Augen, den langen, schmalen Körper, die eleganten Hände wirkte beruhigend.

Er war unschuldig wie eine Schwarze Birke – auch Süße Birke genannt, wie mir mein Pinkerton-Wachmann erklärt hatte, als wir mal unter einer lagen. Er kam vom Lande, ein Gärtnersohn, und ich gab ihm den lateinischen Namen von unserem Lieblingsbaum, Betula Lenta. Wie gut das auch zu Obama passte – *lentus* bedeutet biegsam, beharrlich. Dieser Baum ist sogar in Martha Washingtons berühmtem *Book of Cookery* verewigt, weil seine Rinde, aufgebrüht, ein Mittel gegen verschluckte Steine war. Die weißen Wähler in der Trailerkirche mussten das geahnt haben.

Vor sich hin zu trotten bringt einen auf Ideen. Ich konnte mich Obama nützlich machen – gerade in diesem Land, wo alle von der Idee der Gleichheit besessen waren.

Denn ich besaß eine Fähigkeit, die bei meinem Geschlecht eher selten ist. Ich hatte ihm wirklich etwas zu bieten. Aber wie würde ich ihn finden?

Die Sonne stand jetzt sehr tief. Plötzlich bohrte sie sich durch die Wolkendecke und richtete einen Punktstrahler auf ein kleines Holzkreuz am Straßenrand. Davor lagen ein zerrupfter Blumenstrauß und daneben auf beiden Seiten mehrere flache Steine. Eine Gestalt machte sich dort zu schaffen, beugte sich immer wieder über das Grab. Sie hatte eine Tüte Kartoffelchips in der Hand, nahm die Chips einzeln heraus und legte sie behutsam auf das Grab, in dem Tempo, wie man einen Kranken füttert. Die Tüte war fast leer, und ihre Hand fuhr raschelnd in den Zipfeln herum. Schließlich drehte sie die Tüte um, schüttelte die letzten Krümel heraus und rief: »Es tut mir so leid, er hat fast alle gegessen!«

Es war Frankie.

Ein toter Junge

»Ich wollte nie eine Tochter. Ich dachte, Töchter würden mir auf den Wecker gehen«, erzählte sie, nachdem ich mich neben sie auf einen der Steine gesetzt hatte. »Aber inzwischen glaube ich, Töchter halten länger.« Ich hatte ihr einen Arm um die Schulter gelegt und zugelassen, dass sie ihren Kopf an meinen Hals schmiegte und meine Schlüsselbeingrube mit der heißen Soße ihres Schmerzes füllte. Vielleicht darf ich hier etwas gestehen, was manche für eine schreckliche Charakterschwäche halten werden – ich ertrage es nicht, wenn andere Leute in meiner Gegenwart schimpfen, weinen oder sich übergeben. Ich fände es toll, wenn mir mal jemand erklären würde, warum es gutherzig sein soll, selbst zu leiden, wenn es einem anderen Menschen schlecht geht. Warum gilt die Bereitschaft, sich vom Unglück eines anderen unglücklich machen zu lassen, als Indiz für moralische Integrität? Indem einem jemand anders leidtut, tut man sich doch im Grunde genommen nur selbst leid. Aber keiner der Beteiligten hat was davon, soweit ich sehe. Mir ist es unangenehm, wenn jemand, der einen anderen weinen sieht, vor Rührung erschauert und feuchte Augen bekommt. Wenn in meiner Gegenwart jemand weint oder krank wird, wünsche ich mir, dass er wieder aufhört und fröhlich ist.

Dabei bin ich durchaus imstande, alles Nötige zu tun, um jemanden zu trösten. Ich weiß, wie man traurig guckt, wie man jemanden in den Arm nimmt und ihn flennen lässt. Aber kaum hatte ich Frankie berührt, spürte ich ihr Widerstreben. Dennoch, als sie ihren Arm um meine Schultern legte, es gab ja niemand Besseren in diesem Moment, sickerten mit den Tränen die Hintergedanken hervor – ich fürchtete ihre heftige Abneigung. Und ich erwiderte sie voll und ganz. Frauen untereinander sind so. Und trotzdem, dachte ich, hatten wir beide Mütter, deren Körper wir angebetet hatten. Wie sonderbar, dass wir uns nicht mögen konnten. Wenn man eine Schwester oder eine Tochter hatte, vielleicht war es dann anders. Aber wir hatten beide keine. Ich nicht, weil ich zu jung war, um an Kinder auch nur zu denken, und sie nicht, weil ihr das Schicksal nur Söhne geschenkt hatte und sie ihr nun nach und nach wieder wegnahm.

Jimmy und Jake

Frankies erster Sohn, Jimmy, war vor einem Jahr genau an dieser Stelle in seinem gelben Impala umgekommen, auf dem Weg zum Sonntagabendgottesdienst, stockbesoffen. Ein paar Jahre vorher hatte ihr Mann den Pick-up, den Impala, die beiden Kinder und die Frau verlassen, alles wegen einer Friseuse mit einem schnittigen Pontiac. Wahre Liebe sei das gewesen, anders könne man es nicht ausdrücken, und sie seien nach Maine gezogen, um unbehelligt von öffentlicher Anprangerung für sich zu sein. Er sei ein guter Mann gewesen, sagte Frankie. Geld habe er ihr nicht schicken können, weil er keine Arbeit fand, wie er ihr mal auf einer Postkarte mitteilte. Aber als Gemeindehelferin eines Pfarrers war sie auch allein zurechtgekommen. Und ihr älterer Sohn war ein guter Junge. Jake dagegen, ein Jahr jünger, hatte ihr vom Tag seiner Geburt an Ärger gemacht. Hatte schon die Babynahrung immer wieder ausgespuckt. Jimmy dagegen hatte seine Milch bei sich behalten und war ein ruhiger, gutmütiger Knirps gewesen – er war ihr Hoffnungsträger. Er hatte sie nicht enttäuscht. Er war ein brillanter Schüler gewesen und hatte ein Stipendium für West Point angeboten bekommen. Er sollte Offizier in der Army werden. Am Wochenende, nachdem er die ganze Woche hart gearbeitet hatte, trank er gern – eine Schwäche, aber verständlich. Wahrscheinlich hatte Jimmys Tod Jake schwer getroffen. Er war erst siebzehn gewesen und hatte immer im Schatten seines Bruders gestanden. Er sei ihm wie aus dem Gesicht geschnitten. Der Impala war nicht mal schrottreif gewesen. Frankie begann wieder zu schluchzen.

»Und wie viele Kinder hast du?«, fragte sie.

Ich fuhr zurück.

Macht

Sich für einen geliebten Menschen aufzuopfern kann eine bequeme Methode sein, ihn vollkommen zu beherrschen. Leidenschaftliche Kümmerer sind nach meiner Erfahrung oft machthungrig und nehmen den Weg des geringsten Widerstands, um den geliebten Menschen zu knechten. In dieser Gruppe findet man viele Mütter, aber auch nachsichtige Ehefrauen, die ihre Männer in Schutz nehmen, nachdem sie gerade von ihnen verprügelt wurden. Man könnte meinen, diese Frauen seien ihren Männern auf Gnade und Ungnade ausgeliefert, aber bei genauerem Hinsehen erkennt man, dass es sich umgekehrt verhält! Fairerweise muss man sagen, wir sind alle machtbesessen, aber die Kümmerer erwecken den Anschein, als kümmerten sie sich aus Herzensgüte.

»Ich habe keine Kinder«, sagte ich, »ich bin noch zu jung. Aber wenn ich welche bekomme, wünsche ich mir einen Sohn, der so ist wie deiner. Du hast einen prima Sohn. Aus dem wird schon was werden.«

»Vielleicht«, sagte sie. »Jedenfalls liebe ich ihn. Auch er ist eins von Jesus' Kindern.«

Wenigstens fing sie nicht an, irgendwelche Vorzüge an ihm herauszustreichen, wie es die meisten Mütter getan hätten. Das gefiel mir. Ich musterte sie mit kritischer Sympathie, strich ihr über das Haar und sagte: »Du solltest es vielleicht mal mit einer roten Tönung versuchen.« (Falsch!: Der Mann – die Friseuse.) Aber sie sah mich nur kalt an. »Alle wollen immer irgendwie an mir herumbessern«, sagte sie. Doch plötzlich kehrte die Fröhlichkeit, die sie in der Kirche gezeigt hatte, mit ganzer Kraft zurück.

»So ein schöner Abend! Nicht wahr?«, rief sie und lachte

unbändig. »Und ich stelle mich hier an, als wenn mein Sohn gestern gestorben wäre. Schluss damit! Wo willst du hin?«

Die Motorhaube und der linke Kotflügel des Impala waren in beige ersetzt worden. Das Gelb war eine Spezialanfertigung gewesen. Aber ansonsten lief er sehr gut. Sie hatte eine Kassette mit den Rhythm-and-Blues-Kirchenliedern des Pastors und fuhr mich, ohne ein Wort zu reden, zum Busbahnhof von Orlando. Sie kam auch mit nach drinnen, um die Fahrpläne zu studieren. Wie sich herausstellte, fuhr der nächste Bus nach Norden erst um Mitternacht ab. Für Frankie war das in Ordnung.

»Hier kannst du bequem warten.«

Ich sah die einsamen Jammergestalten, die auf den langen Holzbänken hockten, das ungünstige Neonlicht und bat Frankie, mich doch lieber zu einem guten Hotel zu fahren. Sie sah mich an, als hätte ich ihr ein Rätsel aufgegeben.

»Bring mich nach Winter Park, okay?«, sagte ich.

»Nein, ich bring dich nach Disneyland«, erwiderte sie.

Sie hatte das Radio abgestellt und fing an, mir ihre Lebensgeschichte zu erzählen, provoziert womöglich durch mein frivoles Verlangen nach einem Hotel. In der Ferne erblickte ich die himmlischen Lichter eines Fünf-Sterne-Palastes. Ich unterbrach sie und sagte, das würde mir ausreichen.

Sie fuhr mich bis vor den Haupteingang, und schon näherte sich ein Portier. Seine Uniform behagte ihr nicht. Sie sagte: »Okay, das war's.« Sie stieg nicht aus, um sich von mir zu verabschieden, sondern winkte nur aus dem Fenster, als sie aus der Parkbucht schon wieder zurücksetzte.

Wieder einmal hatte ich mir eine Geschichte gemerkt, ohne es zu wollen. Frankie war bei ihrer Großmutter Bess aufgewachsen, weil ihre Eltern sich aus dem Staub gemacht hatten. Oma Bess arbeitete in einer Orangensaftfabrik und hatte ein paar Freunde in der Kirchengemeinde. Frankie behauptete, sie habe eine glückliche Kindheit gehabt. Aber diese Kindheit endete, als Oma Bess sich auf der Feier zu ihrem fünfzigsten Geburtstag an einem Hotdog verschluckte. Es hatte in allen Zeitungen gestanden. Frankie war damals vierzehn. Und noch im gleichen Jahr bekam sie ihren ersten Sohn. Sie und der Vater liebten sich. Sie zogen zusammen, und als sie achtzehn war, hatten sie geheiratet. Sie hatten ein paar gute Jahre zusammen gehabt, und erst viel später war er mit der Friseuse nach Maine verschwunden. Jetzt war Frankie dreiunddreißig. Sie war jünger als ich. Nicht, dass ich Mitleid für sie empfand, aber was sie mir über sich erzählte, hatte mich für kurze Zeit Ivan vergessen lassen. Ein fremdes Gefühl, das stärker war als unerwartete Sympathie, sprang mich an: Für einen Augenblick war ich Frankie. Als ich mein Standard-Luxuszimmer bezog, das ich mit der Kreditkarte meines Mannes bezahlte, beschloss ich, mich davon nicht länger beirren zu lassen.

Orlando
Ein Stoiker

Für zweihundert Dollar plus Steuern bekam ich ein Zimmer, das gar nicht erst versuchte, individuell zu sein. Dafür ist das Gepäck zuständig. In meinem alten Beruf bin ich viel gereist und habe festgestellt: Ein Koffer muss das eigene Bett und das eigene Bad enthalten, alles andere ist überflüssig. Ich habe weder Bilder für den Nachttisch noch Bücher für den Schreibtisch dabei. Ich beschränke mich auf meine Gedanken. Minutenlang hatten sie es geschafft, Ivan aus ihrer Mitte zu verbannen, aber kaum hatte sich die Hotelzimmertür hinter mir geschlossen, kehrte er mit Macht zurück, als wollte er seine Abwesenheit wieder wettmachen. Vielleicht eine Auswirkung von akutem E-Mail-Mangel? Selbst mein Mann hatte nicht geschrieben. Ich sah mir im Internet Ivans Horoskop für mich und dann meines für ihn an. Er hatte einen schlechten Tag und ich einen guten. Erfreulich zu wissen.

Ivan, was machst du gerade?

Eine andere Horoskopseite behauptete, ein schlimmes Unheil sei im Anzug, während ich mich froh und munter fühlen würde. Er tat mir furchtbar leid. Ich legte mich mit dem Gesicht nach unten auf die kochfeste Hotelbettdecke und streichelte seinen Ring an meinem Finger, beschwor sein Bild herauf, sah ihm in die Augen und schwor ihm meine ewige Liebe – trotz seines abwegigen Versuchs, mich nicht mehr lieben zu wollen. Wie dumm von ihm. Inzwischen musste er begriffen haben, dass wir füreinander geschaffen waren. Ich suchte im Fernsehen nach Obama. Er war nirgendwo zu finden. Ein Kind war aus einer Trailersiedlung verschwunden, im Nahen Osten gab es Spannungen, der Papst war in New York, und Baseballspieler hatten Anabolika genommen. Ich bürstete mein Haar, bis es glänzte, schminkte mich und zog die engen Bluejeans an, dazu das einfache weiße T-Shirt und Stöckelschuhe. In der Schule war ich ein hässliches Entlein gewesen. Zu mager. Mit dicker, dunkler Brille, um zu beweisen, dass mir mein Aussehen egal war. Nachdem ich mich in Pinky verliebt hatte, hatte ich mehr auf mich geachtet. Die Brille hatte ich weggeworfen, hatte mir Kontaktlinsen und einen gepolsterten BH gekauft und danach noch viele Jahre hinreißender Schönheit genossen. Irgendwie hatte mir Ivan etwas von seinem Alter ins Gesicht geschmiert. Das konnte ich nicht auf mir sitzen lassen. Ich machte mich auf den Weg zur Bar und wurde dort sofort in ein interessantes Gespräch verwickelt.

»Darf ich Sie zu einem Drink einladen?«

»Bitte.«

Der aufmerksame Herr an der Hotelbar grinste mich nicht lüstern an. Ich hatte mich neben ihn auf den letzten leeren Barhocker gesetzt. Das Lenken überließ ich dem Zufall.

Er hatte einen grauen Haarflaum auf dem Kopf, und die Augen lagen so tief unter Wangenniveau, als würden sie in dem schwammigen Fleisch, das sie umgab, demnächst versinken – mit einem Wort: ein Trinkergesicht, und ich wusste, er würde mir gern Gesellschaft leisten. Seine Statur hatte etwas Heroisches, trotz seines Alters. Ich schätzte ihn auf mindestens fünfzig. Er bezahlte unsere Drinks mit einer schwarzen Kreditkarte und ließ ganz lässig einen Zwanzigdollarschein als Trinkgeld auf der Theke liegen. Wir sahen noch CNN, das heißt, er sah sich die Nachrichten an, und ich sah ihm dabei zu und konnte beobachten, wie er alles mit einem ironischen Interesse aufnahm. Mir kam er intelligent vor. Obama war kurz an einem Rednerpult zu sehen, wie er ein paar Worte sagte, worauf mein Nachbar murmelte: »Der holt auch noch die Stimmen der Rassisten. Für die ist er der liebe, kleine Negerjunge. Immer brav, nie böse. Da glauben sie, dem könnten sie sagen, was er tun soll, und er würde nachher bloß laut und deutlich ›Jawohl, Sir!‹ sagen und es dann auch tun.«

»Was führt Sie nach Orlando?«, fragte ich ihn.

»Geschäftliches«, brummte er. »Und Sie?«

»Unerledigtes«, erwiderte ich.

Er warf mir einen Blick zu. »Inwiefern?«

»Herzenskummer«, entgegnete ich. »Ich laufe vor der Liebe meines Lebens weg.«

Er schüttelte den Kopf und sagte: »Vor der Liebe seines Lebens kann man nicht weglaufen. Das wäre so, als wollte man vor einem Stern am Himmel weglaufen. Egal, wohin man geht, der Stern ist immer dort.«

Mir traten Tränen in die Augen, die ich wegblinzeln musste. Er bemerkte es und reagierte sofort. Er legte mir eine Hand auf den Oberschenkel.

»Sie sind sehr nett«, sagte er. »Laufen Sie nicht weg. Kehren Sie um. Aber lassen Sie uns vorher die Nacht zusammen verbringen.«

»Sie verstehen mich nicht«, sagte ich. »Er hat sich von mir getrennt.«

Seine Hand drückte. »Ich tröste Sie.«

Also, für ein paar Millisekunden ließ ich es mir durch den Kopf gehen. Aber da war er schon aufgestanden und wollte gehen. Er hatte es sich anders überlegt. »Zuerst muss ich ein bisschen schlafen.«

Ich sagte: »Nein, bleiben Sie. Ich will nicht, dass Sie mich trösten. Aber ich hätte nichts dagegen, mit Ihnen zu plaudern.«

Er war hellwach und setzte sich wieder.

»In diesem Fall brauche ich keinen Schlaf. Trösten ist Schwerstarbeit. Plaudern ist leicht.«

Er bestellte sich einen Whiskey und fragte mich, ob ich auch noch was Hartes trinken wolle, aber mir war nach einem *soft drink.*

»Wie heißen Sie?«, fragte ich ohne viel Umschweife. »Ich heiße Clarissa.«

»Und ich Paul.«

Paul.

Orlando
Führerschein

Es besteht ein umgekehrt proportionales Verhältnis zwischen einer Zukunft, die man sich vorstellt, und dem, was dann tatsächlich passiert – genauer, jede eintretende Situation ist die bestimmte Negation der vorgestellten.

So minutiös und in allen Einzelheiten hatte ich mir meine Begegnung mit dem Dichter Paul ausgemalt und hatte in meinem Kopfkino alles mehrmals ablaufen lassen! Aber das Schicksal mag keine Wiederholungen. Eine Faustregel: Wenn Sie wollen, dass etwas geschieht, dann stellen Sie es sich nicht vor!

Nun saß der Großschriftsteller meiner Träume leibhaftig vor mir, jetzt, da ich längst nicht mehr mit ihm gerechnet hatte, und erwies sich obendrein als Trinker, der mit Frauen nichts mehr anfangen konnte. Er war tatsächlich ein empfindsamer Mensch, der nach höchsten Ehren gestrebt und sie errungen hatte, doch dies hatte ihm jegliche Lebensfreude genommen. Er war Melancholiker, was er hinter Ausgelassenheit und Freundlichkeit verbarg. Er hatte kein Talent zur Diva, tat anderen Leuten ständig irgendwelche Gefallen. Hillary Clinton hatte ihn für ihren Wahlkampf gewonnen, obwohl er sich »nicht viel aus ihr machte«. Er beeilte sich, hinzuzufügen, er finde sie als Frau durchaus reizvoll, aber als Mensch nicht, und er stelle sich vor, für sie sei schon ein Platz an den Ufern des Acheron reserviert. Gerade wollte er mir erklären, was es mit dem Acheron auf sich habe, als ich ihm mit der Bemerkung zuvorkam, dies sei ja wohl den meisten Politikern bestimmt und den meisten seiner Großschriftstellerkollegen ebenfalls. Dieser geographische Wissensbrocken war mir nicht zufällig in den

Schoß gefallen. Ivan hatte nach dem Sex immer darauf bestanden, mir aus Dante vorzulesen, und obwohl mich anderer Leute Höllenvorstellungen nicht sonderlich interessieren, waren die meisten Einzelheiten, die das Inferno betrafen, bei mir hängengeblieben. Für mich war dieses Inferno vor allem deshalb so eng mit romantischem Beieinandersein verbunden, weil unsere Beziehung nicht mal bis in die zweite Hälfte des Purgatoriums hielt. Davon erzählte ich Paul zwar nichts, aber auf mein Wissen reagierte er mit einer Vollbremsung.

»Weiter«, trieb ich ihn an. »Erzähl von Hillary.«

Einmal hatte sie ihn im Winter in ihr Haus in Chautauqua eingeladen, obwohl er viel lieber in New Orleans geblieben wäre, wo es warm war. Da er dann ohnehin nach New York musste, hatte er sich bereit erklärt, an einem PEN-Kongress in Manhattan teilzunehmen, obwohl er eine Klempnertagung viel interessanter gefunden hätte. Er hatte Autogramme für Sammler gegeben, die nie eine Zeile von ihm gelesen hatten, bis ihm sein arthritischer Daumen wehtat. Außerdem hatte er ein Altenheim in der Nähe besucht, weil eine Freundin seiner Mutter ihn dorthin eingeladen hatte. Und schließlich hatte er auch nach China gemusst, weil ihn jemand darum gebeten hatte, und so weiter. Er beklagte sich und willigte ein und beklagte sich wieder. Er wusste nicht, wie er mit mir umgehen sollte, als ich ihm klarmachte, dass ich mich nur mit ihm unterhalten wollte, aber bevor er sich groß darüber beklagen konnte, dass ich nur das wollte, fand er Gefallen an meiner Gesellschaft, und so blieben wir einfach, wo wir waren, und er erzählte mir von seinem Leben in New Orleans, wo er seit Jahrzehnten mit seiner Frau lebte. Kinder hätten sie keine. Er habe nie das Bedürfnis verspürt, sich zu reproduzieren. Er hatte die Tochter eines reichen, berühmten Mannes geheiratet und damit seinen jugendlichen Geltungsdrang befriedigt. Natürlich begann er sich bald mit ihr zu langweilen. Aber Liebesverhältnisse fand er ebenfalls furchtbar anstrengend und auslaugend. Außerdem war er gern zufrieden, und deshalb war er zufrieden mit ihr. Sie empfand es genauso. Über weite Strecken gingen sie getrennte Wege, aber sie hörten nie auf, sich als glücklich verheiratetes Paar zu sehen.

»Ich erzähle dir mehr, als ich je irgendwem erzählt habe«, verkündete er. »Dabei erzähle ich gar nicht gern von mir. In dieser Hinsicht bin ich geizig. Aber dir gegenüber möchte ich großzügig sein. Vielleicht, weil diese Auskünfte für dich keine Währung sind, die du anderswo wieder umtauschen kannst. Und besonders wissbegierig scheinst du mir auch nicht zu sein. Oder machst du dir einfach nichts aus Dichtern?«

Also, an diesen Punkt wollte ich lieber nicht rühren und sagte einfach, ich hätte noch nie einen Dichter kennengelernt. Und dann fragte er mich: »Was tust du eigentlich den lieben, langen Tag?«

Aus seinem Mund klang die Frage nicht wie Kritik. Und ich sagte: »Komm, wir gehen einen Augenblick nach draußen, und du nimmst deine Wagenschlüssel mit. Dann zeige ich dir, was ich früher gemacht habe.«

Dass ich es spannend machte, schien ihm zu gefallen, und er kam mit. Wie erwartet, hatte er einen teuren Wagen mit einem Achtzylindermotor, einen Mercedes. Der passte zu ihm.

Die Straßen waren verlassen. Ein starker Motor hat was, das mich erregt – auch jetzt noch, wo mich Autos eigentlich langweilen. Ich trat voll aufs Gas und begann einen heißen Ritt mit ihm. Er lachte die ganze Zeit aufgeregt, die Melancholie war verschwunden. Ich zeigte ihm, wie man seine Führung verteidigt und immer gerade sitzen bleibt, wie man den Fuß noch auf dem Gas hält, wenn er unbedingt auf die Bremse will, wie man den Kopf gegen die Fliehkraft nach hinten stemmt. Es machte mich traurig, dass ich ihn mit diesen affigen Fähigkeiten so entzücken konnte. Früher war Autofahren meine Leidenschaft gewesen. Ich hatte davon geträumt, eine große Rallyefahrerin zu werden. Und dann wurde ich auch eine. Ich fuhr einen 500 PS-Lancia, der in 2,3 Sekunden von null auf hundert beschleunigen konnte. Als diese Wagen dann verboten wurden, weil sie uns die Reaktionszeit halbierten, war ich empört. Ich machte trotzdem weiter. Ich gewann Rennen. Ich kam in die Zeitung. Meine Copiloten und Mechaniker, mit denen ich auf unseren tagelangen Touren kräftig schäkerte, habe ich in den Interviews nie lobend erwähnt. Das gab Ärger. Es war immer das Gleiche, immer Quatschen, immer Talkshows – Amerikanerin, lebt in Deutschland und gewinnt Rallyes auf der ganzen Welt. Irgendwann war ich es leid. Und dann blamierte ich mich. Auf dem Höhepunkt meiner Kunst und meines Ruhms überfuhr ich in einem geliehenen VW-Käfer eine rote Ampel – auf einer großen Straße in Berlin. Ich war nicht angeschnallt. Ich ging auf die Bremse. Aber ich war nicht schnell genug und überfuhr eine alte Dame auf dem Zebrastreifen. Dabei brach ich mir eine Hand. So lernte ich meinen Mann kennen. Hans war der beste Handchirurg weit und breit.

Alles lachte über mich. Ich hatte eine Oma totgefahren. Danach bin ich nie wieder Auto gefahren. Hans war bei der ganzen Sache furchtbar lieb. Er machte einer reichen Frau den Hof genau in dem Augenblick, in dem ihre Einkommensquelle versiegte. Als seine Rechnung für die Operation kam, waren wir schon verheiratet.

Nachdem ich Paul das alles erzählt hatte, wurde mir

seine Gegenwart plötzlich zu viel. Ich bat ihn, mit mir zum Hotel zu fahren und einen Augenblick draußen zu warten, während ich etwas holte. Ich kam mit meinem Koffer zurück, setzte mich wieder ans Steuer, fuhr eine gewisse Strecke, bis ich schließlich sagte: »Und jetzt bist du an der Reihe.«

Am Busbahnhof stiegen wir aus. Da könne er nicht mithalten, sagte er. Ich hielt meinen Koffer in der Hand. Ich küsste ihn. Es war ein schöner Kuss, ohne Verlangen, aber voller Zuneigung. Sein Mund schmeckte nach Alkohol. Ich sagte: »Pass auf, dass du nicht in eine Polizeikontrolle gerätst, sonst kommst du in die Zeitung. Fahr langsam. Ich steige hier aus. Du brauchst keinen Copiloten. Bye-bye.«

Ich kam gerade noch rechtzeitig zu dem Bus, den Frankie für mich herausgesucht hatte. In wenigen Stunden würde ich in New York sein.

Im Bus

»Darf ich mich zu Ihnen setzen?«, fragte mich der einzige andere Passagier. »Ich möchte ein bisschen schlafen«, lehnte ich höflich ab. Die Frau war lange nach mir eingestiegen, nun in den hinteren Teil des Greyhound-Busses gekommen und an meinem Platz stehengeblieben. In der Dunkelheit sah sie aus wie eine Krabbe, die sich im Strandgut verheddert hatte – einem roten Wickelkleid. Die Lichter der Straßenreklamen ließen das Weiße ihrer Augen und ihre Ohrringe aufblitzen.

»Sie wollen schlafen. Ich glaube, das sollte ich auch tun«, sagte sie enttäuscht und setzte sich auf die andere Seite des Gangs, neben mich. Sie vergrub sich in ihrem Sitz. Der Bus hielt an Dutzenden von Haltestellen. Ich ahnte nicht, welche Fährnisse auf mich warteten. Ich stellte meinen Koffer neben mich auf den Boden und lehnte den Kopf ans Fenster. Der Schlaf würde mich schnell zu Ivan bringen.

Ein Gewusel um meine Beine weckte mich auf. Ich sah nach unten. Die Füße meiner Nachbarin hatten sich quer über den Gang bis zu mir ausgestreckt und umschlossen meinen Koffer von beiden Seiten. Ich starrte diese Füße an. Ohne Schuhe und Strümpfe, rosa Fußballen und Sohlen, der Fußrücken dunkelbraun. Die beiden Füße versuchten, meinen Koffer zu verrücken. Während ich zusah, überwand der Koffer seine Trägheit tatsächlich, entfernte sich von mir, begann langsam über den Gang zu wandern, dorthin, wo meine Nachbarin saß. Ich packte ihn beim Griff, zog ihn zurück auf meine Seite und klemmte ihn mir zwischen die Knie. Meine Nachbarin, die ihre Füße auf diese Mission geschickt hatte, hielt die Augen geschlossen, ihr Kopf war zurückgelehnt, der Mund leicht geöffnet.

Ich glaubte, ich hätte geträumt, und kehrte in die freundlichen Gefilde des Schlafs zurück.

Wieder machte sich der Koffer auf die Reise. Diesmal merkte ich es erst, als er schon über den Gang geglitten war und meine Nachbarin sich gerade über ihn beugte und wahrscheinlich überlegte, wie er so plötzlich bei ihr hatte auftauchen können. Sie probierte an dem Schnappschloss herum. Aber das hatte ich abgeschlossen.

Ich reise mit leichtem Gepäck, aber nicht billig. Mein Mann zeigt mir seine Zuneigung gern durch Geldausgeben, und er hatte tief in die Tasche gegriffen, um mir den leichtesten Koffer zu schenken, den die Welt je gesehen hat. Ausgestattet mit einem besonders soliden Schloss, und es war dieses Schloss, an dem meine Nachbarin zu knacken hatte. Ich beugte mich zu ihr herüber und sagte: »Man muss die Zahlenkombination kennen, um es zu öffnen.«

Sie starrte mich aus der Dunkelheit an.

Offenbar hatte ich sie beleidigt.

»Ich will Ihren Koffer überhaupt nicht. Er kommt hier dauernd angerollt«, sagte sie, »und hindert mich am Schlafen.«

Mit den Füßen schob sie den Koffer wieder zu mir herüber und zischte: »Als Nächstes werden Sie mir wahrscheinlich noch den Kopf abschneiden, wie es neulich einem Passagier auf der Strecke Chicago–Winnipeg passiert ist, weil sein Walkman zu laut war. Ich will einfach bloß schlafen.« Dann stand sie auf und verzog sich in den hintersten Teil des Busses, als wäre ich ihr furchtbar lästig.

Unterwegs

Nach meiner Schätzung musste der Bus ungefähr die halbe Strecke nach New York hinter sich haben und fuhr nun durch eine Landschaft von ununterbrochenem Grün. Über die Eintönigkeit amerikanischer Straßen und Städte zu klagen ist für Europäer ein Gemeinplatz, dabei sollten sie sich lieber über die Eintönigkeit der amerikanischen Wälder, Wüsten und Prärien beschweren. In Europa wären solche Naturgebiete tausendmal von Häusern und Städten, Fabriken und Gewerbeparks unterbrochen, und keiner, der durchfährt, würde sich langweilen.

Wir erreichten im Morgengrauen eine hügelige Gegend, und dieser stimmungsvolle Szenenwechsel veranlasste den Fahrer, alle eventuell noch schlafenden Passagiere mit dem Ausruf zu wecken: »Ladies and Gentlemen, unser erster Berg!« Es klang wie eine Warnung. Er war ein Korea-Veteran, der seine *joie de vivre* dadurch anheizte, dass er Passagiere wie Untergebene eines Spezialkommandos im Einsatz behandelte und die Straße herunterpreschte, als gelte es, um jeden Preis schneller zu sein als der Feind. Der Feind war die Weite, die unerbittliche Landschaft, wellig und grün wie das offene Meer. Der Anblick eines Fast-Food-Restaurants, das in die Natur vorgestoßen war, erleichterte ihn so sehr, dass er auf den Parkplatz davor einbog und rief: »Ich habe fünfzehn Minuten für uns rausgeholt. Nehmt euch jeder eine Tasse Kaffee, auf meine Rechnung!« Ich zählte sieben Passagiere. Sechs nahmen die Einladung an – meine Nachbarin von vorhin schlief weiter. Wir waren ein bunt zusammengewürfeltes Häufchen, keine Altersgruppe, keine Hautfarbe und kein Gesundheitszustand fehlten, aber gemeinsam war uns die bleiche Erschöpfung aller Nachtreisenden. Nun setzten wir uns nebeneinander an die leere Theke und ließen uns die Großzügigkeit des Busfahrers gefallen. Einige revanchierten sich, indem sie Sachen einkauften, die man ebenfalls verteilen konnte: sieben Donuts, sieben Flaschen Eistee – und einige ließen sich sogar dazu hinreißen, ein richtiges, warmes Frühstück zu bestellen. Ich gehörte zu dieser kleinen Gruppe von Essern – genau wie ein zierlicher, gut gekleideter Mann, der mit einer rundlichen Frau reiste, die er als seine Gemahlin vorstellte und der er wegen ihrer Leibesfülle das Frühstück untersagte. Er selbst langte kräftig zu, genoss jeden Bissen und ließ sich das Eigelb um die schmalen Lippen fließen, während er sie angrinste und erklärte: »Bei mir setzt es nicht so an wie bei dir.« Sie nickte traurig. Dann stellte er sich mir würdevoll als »gefallener Priester« vor. Dabei deutete er mit der klebrigen Gabel in die Richtung seiner Frau und trieb ihr die Röte ins Gesicht, als er sagte: »Gefallen in Liebe zu ihr.«

Beichte

Er unterhielt die Reisegesellschaft mit seinen Abenteuern. Dröhnende Predigten habe er gehalten. Wenn er gepredigt habe, sei regelmäßig eine Frau ohnmächtig geworden. Mindestens eine! Jedes Mal! Und dann hatte man sie nach draußen tragen müssen. Manchmal seien im Verlauf einer Predigt auch mehrere Frauen umgekippt. Er wandte sich an seine Sally und fragte: »Habe ich dir das schon mal erzählt?« Sie nickte verbissen: »Schon oft« – aber das hinderte ihn nicht daran, es noch einmal zu erzählen. Zu groß war das Vergnügen, sich die eigene Macht zu bestätigen.

»Einmal fand ich nach der Messe einen sehr schönen Knaben in der Sakristei. Kreidebleich, mit geschlossenen Augen lag er da. Der Arzt war unterwegs. Ich berührte seine Stirn mit den Fingerspitzen, da öffnete er die Augen. Große, blaue Augen. Unschuldige Augen. Tränen quollen daraus hervor. Die langen schwarzen Wimpern waren nass. Ich zitterte. Er flüsterte: ›Vater, ich verehre Sie.‹ Ich legte ihm die Hand auf die Lippen, um sie zu schließen, da begann er, mir fieberhaft die Fingerspitzen zu küssen. Ich bin nur ein Mensch, nicht Christus.«

Er machte eine Pause. Er senkte den Kopf.

»Die Gemeindemitglieder waren verzweifelt, als ich ihnen sagte, ich würde weggehen, aber ich sprach zu ihnen über die Liebe, die ich für Sally empfand. Sie akzeptierten es und ließen mich gehen. Jetzt bin ich Landschaftsgärtner.«

Die Kellnerinnen umflatterten uns, füllten uns die Kaffeetassen und Wassergläser nach und erzählten uns im Schnelldurchgang ihre Lebensgeschichten. Eine hatte vor kurzem ihren Freund vor die Tür gesetzt, nachdem er den Hund der Familie »abgestochen« hatte, weil er auf den Teller mit der Bratwurst gesabbert hatte. Eine andere erzählte, sie habe wieder Hautkrebs. Als eine kleine Einheit der Bundesstaatspolizei hereinkam, wurde der Busfahrer nervös – unser Halt war nicht planmäßig. Wir verstanden seinen hastigen Abgang, ließen Bargeld auf der Theke zurück und folgten ihm zum Bus. Er stand keuchend daneben. Ich sah ihn besorgt an, aber er winkte ab: »Nur die Lunge – ich bin immerhin schon siebzig.«

Ich bekam einen Anfall von irregeleitetem Patriotismus und belehrte ihn, in Deutschland hätte er nicht länger als bis fünfundsechzig zu arbeiten brauchen. Sein entsetzter Blick brachte mich zur Besinnung. Ich begriff, dass ich hätte sagen müssen, in Deutschland hätte er in seinem Alter gar nicht mehr arbeiten dürfen. In Europa nimmt man Zahlen ernst. Sobald einer eine gewisse Zahl von Jahren auf dem Konto hat, bekommt er Berufsverbot. Sie haben einen freundlicheren Namen dafür. Aber als die Juden nicht mehr arbeiten durften, nannte es auch keiner Arbeitslosigkeit.

Der Busfahrer wartete das Ende meiner Ausführungen nicht ab. Er sprang in den Bus und warf den Motor an. Wir konnten dankbar sein, dass er nicht ohne uns abgefahren war.

Wenig später wurde mir klar, dass ich im falschen Bus saß, dass wir auf unserem nächtlichen Schlenker nach Westen quer durch beide Carolinas gefahren waren, eine Tour von ein paar hundert Meilen, die uns bald nach Nashville, Tennessee, bringen würde. Nur in Amerika kann man sich so folgenreich verirren. In der nächsten größeren Stadt stieg ich aus, um meinen Kurs zu korrigieren. Wie sich herausstellte, reimte sich ihr Name auf Nashville, worin ich einen tieferen Sinn zu erkennen glaubte, ein positives Omen, wenn ich an das Kismet dachte, das mir Ivan gebracht hatte. Doch dann stellte sich heraus, dass seine Bedeutung noch viel weiter reichte.

E-Mail

An: IIB@dziengi.ru
Betr.: (no subject)
O Ivan, weißt Du noch, wo wir waren, als Du mir von Asheville erzählt hast, wie Du geträumt hast, Du seist zu Besuch im Black Mountain College? Wenn sich Dein Hirn nicht erinnert, dann vielleicht Dein Körper. Frag ihn: nach unserem Stundenhotel am Stuttgarter Platz, nach dieser abgetakelten Hure von einem Bett, dem billigen Champagner. Während eines Entreakts hast Du einmal gesagt: »Asheville ist der einzige Ort in Amerika, wo ich mit dir hinfahren möchte.« Mein Hirn ging weiter. Aus »hinfahren« machte es »leben«. Ich stellte mir unser Holzhaus vor, unser hohes Bett, Deinen Kiefernholzschreibtisch, im Wohnzimmer der Kreis amüsanter Leute, die Du brauchst, draußen der Chevy, den ich brauche – »unser Leben«, im Singular. Ivan, entschuldige meine dummen Ansprüche.

»Für Typen wie mich war das Black Mountain ein Paradies«, hast Du gesagt. Jetzt bin ich da, Ivan, ohne Dich. Du kannst natürlich herkommen, wenn Du magst.
Immer noch
Deine Clarissa.

Das Wörtchen »noch« fand ich gut gewählt, weil es andeutete: »wenn du dich beeilst«.

Antwort

In den langen Stunden nachher ohne ihn, als jeder von uns wieder zu seinem Ehepartner zurückgekehrt war, hatte ich nach dem Black Mountain College gegoogelt. Es war weltberühmt, ein Wahrzeichen Amerikas, eine Künstler- und Dichterkolonie, die aus New Yorker Perspektive auf dem Mond lag – im amerikanischen Süden. Kein Wunder, dass ich nie davon gehört hatte. Ich war beeindruckt, dass Ivan noch etwas kannte, wovon ich keine Ahnung hatte. Aber vielleicht ist es keine gute Idee, sich von anderen beeindrucken zu lassen, zumindest nicht von Angehörigen des anderen Geschlechts. Jemanden bewundern führt unweigerlich in die Katastrophe. Siehe die Literatur. Siehe auch Ivans Antwort auf meine so sorgfältig formulierte Nachricht.

An: Clari66@hotmail.com
Betr.: (no subject)
Liebe Clarissa, [Er musste online gewesen sein und nach irgendetwas anderem gesucht haben, nicht nach einem Brief von mir, und dann hatte er sich wahrscheinlich

entschlossen, sofort zu antworten, um sich weiteres Nachdenken zu ersparen. Liebe Clarissa, ein mieser Anfang. Konventionell. Er gab sich keine Mühe.] *ich bin jetzt sehr beschäftigt mit der Fertigstellung meines neuen Buches, und mein Leben ist eine lange Einsamkeit.* [Sich beklagen, dass man selbst unglücklich ist, war eine Kindergartenstrategie, die den anderen daran hindern sollte, sich selbst zu beklagen. Im Zusammenhang mit einem neuen Buch besagte es außerdem: Ich würde leiden, wenn ich nicht so bedeutend und so beschäftigt wäre – also leide ich nicht.] *Ich wünsche Dir alles Gute, Ivan*

Plötzlich hatte ich eine unerfreuliche Rückblende. Mir fiel ein, wie ich Ivan mitgeteilt hatte, dass ich die Stadt verlassen und eine lange Reise unternehmen würde, um ihn zu vergessen. Wir waren uns wie zufällig auf der Straße begegnet. Er wollte Zigaretten und eine Zeitung kaufen, und ich hatte an der Straßenecke darauf gewartet, dass er es tun würde. »Ach, du bist es!« Wir waren zusammen zum Kiosk gegangen, und ich hatte ihm von meinem Plan erzählt. Meine niederschmetternde Verlautbarung hatte er mit einer Lektion über Reiseliteratur beantwortet. Während er bezahlte, sich das Feuilleton herauszog, mir den Anzeigenteil und die Beilage »Motor und Technik« gab und den Rest in einen Papierkorb steckte, sprach er weiter. Er lese gerade die russische Übersetzung eines Reiseromans aus dem 18. Jahrhundert, der ihn sehr fasziniere, denn ständig fühle er sich an mich erinnert – alle Motivationen darin wirkten willkürlich und seien doch bis ins letzte Detail kalkuliert.

Mit einem Buch verglichen zu werden ist beleidigend. Dieses bestand aus siebzig Kapiteln, in denen einundzwanzig Personen auftraten. Zehn gehörten der Ober-, zehn der Unterschicht an, und eine stand irgendwo dazwischen. Die erste Ausgabe von 1768 erschien in zwei Bänden mit einem Bruch nach dem achtunddreißigsten Kapitel, der willkürlich schien. Aber Ivan hatte recherchiert und zitierte aus der Bibel, aus dem Fünften Buch Mose, wie die Israeliten achtunddreißig Jahre lang umhergezogen waren, bevor sie ihre Reise unterbrachen. Was für ein Zufall, dass ein paar Wochen später mein Bibelkurs genau über diese entbehrungsreiche Reise gesprochen hatte. Wenn ich das damals schon gewusst hätte, wäre ich Ivan ins Wort gefallen: »Ja, ja, und dann haderten sie alle mit Gott, weil sie des Umherziehens überdrüssig waren und sesshaft werden wollten, aber Gott wollte nichts davon wissen.« Mein unverhofftes Wissen über dieses Thema hätte ihn entzückt. Stattdessen hatte ich ihn mit einer anderen Mitteilung unterbrochen: »Bei Henri Tovonens letzter Fahrt spielt die Zahl siebzig auch eine Rolle. Bei Kilometer siebzig der achtzehnten Etappe trug es seinen Vierundfünziger aus einer ungesicherten Haarnadelkurve. Er stürzte in eine Schlucht, und der Benzintank explodierte. Es wird dich interessieren – so wie mich die siebzig Kapitel und die einundzwanzig Figuren interessieren –, dass der Wagen 330000 Dollar gekostet hatte. Ein Sponsor hatte ihn bezahlt. Ach, und übrigens, ich werde erst in drei Jahren achtunddreißig. Ich habe noch einen ziemlichen Weg vor mir.«

Das Letzte sollte seinem Selbstbewusstsein einen Stich versetzen und ihn, falls er versucht hatte, es zu verdrängen, daran erinnern, dass er mir im Leben etliche Jahre voraus war – und bei diesem Rennen will man nicht der Erste sein.

Er wandte sich abrupt von mir ab, wie immer, wenn er sich über mich ärgerte, und brachte mich hinter dem Feuilleton, das er sich vor die Nase hielt, zum Verschwinden. Und weil ich es nicht ertragen kann, wenn sich jemand von mir abwendet, am allerwenigsten Ivan, blätterte ich fieberhaft in der amerikanischen Zeitung, die ich genau für einen solchen Notfall mitgebracht hatte, bis ich etwas gefunden hatte, das ich ihm laut vorlesen konnte. Ein leichter, aber genau platzierter Konter.

»Sieh mal hier in den Kontaktanzeigen ….

Hallo.
Ich bin ein echter Typ.
Wenn du auf Geld aus bist, ich habe keins.
Aber wenn du einen guten Mann suchst, der immer respektvoll und freundlich zu dir ist, dann bist du bei mir richtig.
Mein Gewicht? Ist in Ordnung.
Meine Größe? Durchschnitt bzw. 1,73.
Mein Haar? Das meiste ist weg, ansonsten schwarz.
Meine Augen? Groß, blind und braun.
Ich bin schüchtern.
Ich bin in Alaska aufgewachsen, aber mein Englisch ist nicht besonders.
Ich bin ehrlich.
Ich bin treu.
Ich bin ein Gentleman.
Wenn du eine langfristige Beziehung oder sogar einen Ehemann suchst – ich warte hier.

Ist das nicht ein literarisches Meisterwerk? Ein Meisterwerk der Reiseliteratur. Aber sehr subtil. Nur der wirklich aufmerksame Leser erkennt das Schlüsselwort in dieser Anzeige. Hast du es mitbekommen? Das Wort ›blind‹. Tja, keine Reise bildet so wie eine Liebesromanze.«

Er sah mich schweigend an und sagte schließlich: »Du machst dich lustig über mich, oder? Ist wahrscheinlich ganz richtig so. Aber gehst du auf Reisen, um dich zu verlieben?«

Die Erinnerung war schmerzlich. Es war Zeit, seine verklemmte Antwort auf meine so überaus herzliche E-Mail zu erwidern.

Also schrieb ich ihm zurück:

Hi, Ivan. Ich werde Dir eine Zeit lang nicht mehr schreiben können. Viel Glück für Deine vielen Vorhaben. Alles Gute, Clarissa.

Ich schlug meinen Computer zu, als würde ich das Kapitel »Ivan« ein für alle Mal abschließen, und sah mich um. Da kam eine alte schwarze Frau im grellen Sonntagskleid herein. Ihre Erscheinung schmückte den Busbahnhof, der den Glanz eines Postamts oder einer kleineren Grenzstation verströmte. Sie studierte den Fahrplan an der Wand. Ich ging zu ihr und fragte, ob sie wisse, wo das Black Mountain College liege. Ihr Kennerblick traf mein trauriges Gesicht. Schließlich fragte sie mit einer dicken Schicht Mitleid auf der Stimme: »Oh, Baby, hast du jemanden, der da einsitzt? Du meinst doch das Gefängnis, oder?«

Asheville

»Der Bus nach New York fährt heute Abend um zehn nach neun ab. Bis dahin können Sie sich ein bisschen in Asheville umsehen.« Hier kannte man keine Eile. Ich konnte auch das nächste Flugzeug nehmen. Und ein Taxi zum Flughafen. Es war höchste Zeit, wieder in eine vertraute Welt zurückzukehren.

Zögernd wagte ich mich vor die Tür des Busbahnhofs.

Kalte Winde attackierten die Stadt. Ihre Bewohner hielten sich an eine selbstverordnete Ausgangssperre. Ich hatte es mir Anfang Mai in North Carolina warm vorgestellt, aber man hat ja gesehen, wohin man kommt mit seinen Vorstellungen. Ich sah keine Läden und auch sonst kein Zeichen von Leben, außer den Autos, die wie Insekten vorüberschossen. Doch dann erblickte ich Sein Gesicht. Ein Gebäude weiter unten an der Straße war mit großen Obama-Plakaten behängt. Wahlkampfhauptquartier. Bestimmt boten sie dort dampfenden Kaffee und dicke Donuts an.

Asheville

Das Obama-Hauptquartier erwies sich als Ansammlung von ein paar kleinen Büros voller Schreibtische, Computer, Telefone, *No-Smoking*-Schildern und Obama-Andenken *Made in China*. Einige bleiche junge Männer mit Brillen und Neuenglandakzent, aber ohne Zeit für ein Lächeln hasteten herum und verteilten Aufgaben an Leute aus dem Ort. Diese Ortsansässigen stammten aus der breiten Schicht der Arbeitslosen und Rentner. Sie ähnelten den Reisenden in meinem Bus. Die emsigen jungen Männer waren mir fremd – vielleicht, weil ich in Amerika nicht aufs College gegangen bin.

»Bist du eine Freiwillige?«

»Jawohl.«

»Wir brauchen jemanden, der am Telefon bei den Leuten noch mal nachhakt. Kannst du das?«

»Klar. Wo ist der Kaffee?«

Keine weiteren Fragen. Mir wurde ein Schreibtisch zugewiesen – Telefon, Computerliste mit Namen und Telefonnummern und ein Block mit Fragebogenformularen. Ich sollte eine Nummer wählen, und wenn sich jemand meldete, sollte ich sagen »*Hello there!* Ich rufe bloß an, um sicherzugehen, dass jeder weiß, dass man sich für die Teilnahme an den Vorwahlen nächste Woche registrieren lassen kann. Haben Sie sich vielleicht schon überlegt, wen Sie wählen wollen? Und würden Sie es mir vielleicht sagen? Vielen Dank!«

Die Antworten sollten durch Ankreuzen von Kästchen auf dem Fragebogen festgehalten werden.

Ich war allerdings nicht besonders gut am Telefon. Zunächst einmal fällt es mir schwer, *Hello there!* zu sagen. Ich muss entweder *Hi!* sagen oder »Entschuldigen Sie, dass ich einfach so bei Ihnen hereinplatze und Sie wahrscheinlich gerade bei irgendwas Wichtigem störe – vielleicht reparieren Sie gerade das Auto oder sortieren die weiße und die bunte Wäsche oder verlustieren sich mit dem Postboten.« Jeder, den ich anrief, knallte den Hörer wieder auf. Immerhin gab es dafür ein Kästchen zum Ausfüllen: KI für »Keine Information«, im Unterschied zu KA für »Keine Antwort«. Nachdem ich eine lange Liste KI's eingesammelt hatte, wurde ich auf eine Frau aufmerksam, die offenbar mehr Talent hatte als ich. Ihre Stimme war kraftvoll, erfüllt von einer Mission, und sie trug meilenweit. »*Hello there!* Gott segne Sie, ich hoffe, Sie verbringen gerade einen herrlichen Tag mit Jesus!«

Da legte keiner auf.

»Ich hoffe bloß, Sie haben sich auch für die Wahl registrieren lassen, denn wir leben in einer Demokratie, und da ist man es den anderen schuldig, bei den wichtigen Fragen mitzubestimmen. Sie haben sich noch nicht …? Nein, es ist überhaupt nicht zu spät. Sind Sie zufällig auch für Senator Obama, so wie ich? Nun, vielleicht sollten Sie es sich überlegen. Gut hinschauen. Gut hinhören. Ich bin sehr für ihn. Und Jesus auch.« So redete diese Frau weiter, bis sie schließlich mit einem wonnigen »Jesus liebt Sie, und Gott segne Sie« auflegte.

Ich musste mir dieses Telefonverkaufsgenie ansehen, das mit dem Rücken zu mir saß. Ich ging zu ihr und stellte mich als eine große Bewunderin von ihr vor. Als sie sich nach mir umdrehte, erkannte ich meine Nachbarin mit dem Tuchgewand aus dem Nachtbus, die meinen Koffer zu sich eingeladen hatte und auch mit seinem Inhalt Freundschaft geschlossen hätte, wenn sie mit dem Schloss zurechtgekommen wäre.

»*Hey, there!*«, begrüßte sie mich. »Ich kenne dich. Aus dem Bus. Ich heiße Lovee.« Sie gab mir eine Hand – voller Ringe und voller Nadelstichnarben. Die Ringe hatten wir gemeinsam. Sie knirschten aneinander. Ihre waren sehenswert, wahrscheinlich echt. An jedem langen Finger ein riesiger, funkelnder Stein.

Ich bin keine Expertin, aber ich habe immer gehört, wirklich reiche Leute erkenne man daran, dass sie falschen Schmuck tragen. Als meine beste Freundin, die Gräfin M***, an ihrer Dissertation über Giotto schrieb und noch nicht das große Museum leitete, verdiente sie ihr Geld als Handmodell. Sie hat feine, vollkommen perfekte Hände. Sie verziert sie mit einem einsamen, kleinen Diamanten, einem sogenannten Erbstück. Nachdem sie mir gesagt hatte, Ivan sei dem Machiavelli-Bildnis von Cristofano dell'Altissimo wie aus dem Gesicht geschnitten und wir könnten ihr Schloss in Südfrankreich jederzeit für unsere Flitterwochen benutzen, kaufte ich ihr einen richtig großen Klunker. Aber sie war nicht beeindruckt und lehnte ihn ab. Jetzt trage ich ihn an der rechten Hand und nenne ihn für mich den Gräfinnendiamant. Ihn zurückzugeben war ihre Art, ihn mir zu schenken. Er hatte ein Heidengeld gekostet, aber er konnte mit keinem von Lovees Ringen mithalten. Sie sagte: »Schluss jetzt mit dem Telefonieren. Ich will unter die Leute. Komm mit, wir verteilen Flugblätter im Zentrum.«

Der junge Chef des Hauptquartiers freute sich nicht darüber.

»Lovee, bleib lieber, wir brauchen dich hier«, bat er. Plötzlich wurde mir klar, dass Lovee vielleicht doch nicht so recht vorzeigbar war. Aber sie konnte einfach nicht mehr stillsitzen. Sie hatte eine Plastiktüte mit »Obama-for-President«-Artikeln vollgestopft. Sie war nicht zu stoppen.

Wir machten uns auf den Weg, und dabei erzählte sie mir ihre Lebensgeschichte: Mutter weiß, Vater schwarz, beide Seiten der Familie schämten sich der Hautfarbe ihrer Babys, Waisenhaus, Adoption mit drei Jahren durch eine farbige Näherin, die schon zehn Kinder hatte und ihren Namen von Anne in Lovee änderte, Schule, gute Noten, Schule, schlechte Noten, dann Drogen, Crack, Straße, Reha, Straße, Reha, Straße, Reha – ohne die amtlich bescheinigte Geisteskrankheit hätte Gefängnis die Reihe fortgesetzt. Vor einem Jahr hatte sie zu Obama gefunden und ein neues Leben angefangen. Es waren vor allem die Männer gewesen, die sie immer wieder auf die Drogen gebracht hatten. Aber Er würde sie davor bewahren. Sie würde sich bis zu den Wahlen mit aller Kraft für ihren Kandidaten – »gleiche Farbe wie ich« – einsetzen. Ihr Eifer hatte eine mörderische Intensität. Sie sagte, falls Hillary gewinnen sollte, würde sie sich die »vornehmen«.

Sie verwickelte mich so sehr in ihre Geschichten, dass ich gar nicht mitbekam, dass sie mich genauso sicher, wie einst Jesus auf dem Wasser gewandelt war, quer durch den reißenden Verkehr über eine Stadtautobahn geleitete. Sie sah geradeaus und ging. Als ich ihr vorhalten konnte, sie verstoße gegen sämtliche Gebote der Selbsterhaltung, verstieß ich auch schon selbst dagegen. Wir erreichten die andere Seite, kletterten über ein paar Absperrgitter, stapften eine Böschung hoch und befanden uns in einem Geschäftsviertel. Sie wusste genau, was sie wollte – postierte sich auf den Stufen vor dem Eingang eines pompösen Backsteingebäudes und reichte mir den Rucksack mit den Flugblättern, den sie bisher getragen hatte. Die solle ich verteilen, wenn sich die Leute um sie versammelt hätten, sagte sie und hob an zu einer flammenden Rede über Obamas »Botschaft der Hoffnung«.

Ansprachen sind mir peinlich. Wenn Politiker sich leidenschaftlich geben und herumwettern, tun sie mir leid. Ist es nicht unbesonnen, sich so aufzuführen? Das Publikum, das mitbrüllt, macht sich ebenfalls lächerlich. »*Yes, we can!*«, rief Lovee. Gut, dass kein Mensch stehenblieb, um zuzuhören.

Als ich sah, dass auf dem Transparent über dem Eingang des Gebäudes hinter uns »Gehörlosenzentrum« stand, verabschiedete ich mich. Lovee brauchte mich nicht. Aber vielleicht brauchte mich Obama. Ich machte einen langen Umweg über eine Brücke, um ohne göttlichen Beistand über den Highway zu kommen, und kehrte zum Hauptquartier zurück.

Ich malte mir aus, ich würde Obamas kugelsichere Limousine durch Asheville lenken. Eine ganze Karawane von Sicherheitsfahrzeugen vor uns und hinter uns. Wir erreichen die Grenze des Stadtgebiets, den Highway. Er sitzt neben mir. Er ist sehr dünn, weil er nicht genug isst. Ich weiß, ich kann nicht mit ihm reden, weil seine Gedanken ihn in Anspruch nehmen. Er soll in der nächsten Stadt eine

Rede halten, und wir haben hundertfünfzig Kilometer zu fahren.

Ich trete aufs Gas. Ich überhole die Kolonne schwarzer Wagen vor uns. Wer braucht Personenschützer, wenn er eine Fahrerin wie mich hat? Und schon haben wir sie abgehängt. Bei diesem Tempo werden wir bis zum nächsten Stopp eine Dreiviertelstunde brauchen. Er wird genug Zeit haben, irgendwo einen kalorienreichen Snack zu sich zu nehmen.

Obama beugt sich vor und sieht auf den Tacho. Zweihundert Meilen die Stunde. Er lächelt. Er vertraut mir. Er greift nach der Zeitung, schlägt sie auf und liest. Als er die Zeitung mal sinken lässt, erzähle ich ihm von Ivan, und er hört aufmerksam zu. Ich warte auf seinen Rat.

Das kleine Bürogebäude, in dem Obamas Hauptquartier untergebracht war, kam in Sicht. Gleich nebenan war ein Kosmetiksalon.

Sie hatten ein Sonderangebot für fünf Dollar. Das konnte nicht schaden.

Ich trat ein und bestellte eine Gesichtsbehandlung, Augenbrauen- und Wimpernfärben, Peeling-Maske und Massage.

»Wir haben ein Programm für junge Frauen und eines für die reifere Frau«, sagte die Kosmetikerin, auf deren Namensschildchen Betty stand. »Ich kann ja von beidem etwas nehmen.«

Betty sprach aus der Perspektive der eindeutig jungen Frau. Ihre Figur war genauso schlank wie meine, ihr Haar war dicht und ungefärbt blond. Sie hatte keine Lachfältchen um die blauen Augen, aus denen sie mich spöttisch ansah, als ich ihr sagte: »Nehmen Sie bitte bloß das Programm für junge Frauen.«

Worauf sie erwiderte: »Da wäre ich mir nicht so sicher.«

Schönheit

Je älter man wird, desto wichtiger wird die Perfektion. Makelloser Jugend schadet eine hässliche Nase nicht mehr als ein unbeholfener Gang. Eine junge Frau kann einem Mann ins Gesicht gähnen, sie kann ihm die Räuberhöhle in ihrem Mund vorführen – er wird sie trotzdem bezaubernd finden. Auch im Schlaf ist sie verführerisch, denn wenn sie ihr Gesicht aufs Kissen bettet, legt es sich nicht in Falten wie Rahm auf der Milch. Wenn aber ein Gesicht die dreißig erst mal hinter sich und jeden Anspruch verloren hat, einem Kind zu gehören, dann muss man es in Ordnung halten. Reparaturen sollten stets unverzüglich ausgeführt werden, und jeden Monat ist eine gründliche Wartung fällig.

Mein Körper war immer pflegeleicht. Eine minimale Liposuktion hat genügt, meinen Bauch vollkommen flach zu halten, ein Mann kann ihn leicht mit beiden Händen umschließen. Ivan zwar nicht, denn seine Hände sind zu klein. Aber ein normaler Mann könnte es. Bei mir hat das übrigens nichts mit der Ernährungsweise zu tun, sondern es ist genetisch bedingt. Zumindest das habe ich meinen Eltern zu verdanken – sie sind altersresistent, sie überleben alles, wie die Kakerlaken. Ihre Langlebigkeit ist reine Verschwendung, jedenfalls was mich angeht, denn ich werde sie sowieso nie wiedersehen. Sie haben mich schlecht behandelt. Als ich ihnen klargemacht hatte, dass ich nicht nach Amerika zurückkehren würde, und immer mehr Freunde in Deutschland fand, kappten sie die finanziellen Beziehungen, die uns emotional verbunden hatten. Mein Vater plünderte auch noch mein Sparkonto, den Notgroschen, den mir sein Vater, mein Großvater, ausdrücklich für die

Anschaffung meines ersten Wagens hinterlassen hatte. Dieses Geld steckte mein Vater ein. Er wollte mich erpressen, meine Rückkehr erzwingen. Als ich dann berühmt war, fingen sie plötzlich an, sich wieder für mich zu interessieren. Stolz kam auf. Sie steckten die Zeitungsausschnitte über mich in Bilderrahmen und zeigten sie ihren Freunden. Aber ich fühlte mich nicht geschmeichelt, und auf ihre vielen Anrufe und Briefe reagierte ich nicht. Denken Sie nicht schlecht über mich. Ich hatte nur das Pech, dass meine Eltern einander über alles liebten. Ständig umarmten und küssten sie sich und hielten Händchen und redeten und atmeten wie aus einem Mund. Ein Kind brauchten die gar nicht. Und ich war auch tatsächlich eine Riesenüberraschung gewesen, als meine Mutter mit fünfundvierzig schon glaubte, sie sei außer Gefahr, und plötzlich schwanger wurde. Sie fanden sich damit ab. Sie hatten als Kinder in Polen während des Krieges in Verhältnissen überlebt, die alles andere als bequem waren. Nie haben sie darüber geklagt, vielleicht auch deshalb, weil ich bei diesem Thema immer gleich abgeschaltet habe. Aber genug davon. Schlimm genug, dass Ivan wie mein Vater aussieht, bloß ohne die gesunde Haut und die guten Zähne. Eigentlich müsste ich ihnen dankbar sein, dass sie ihren guten Teint an mich weitergegeben haben.

Aber eine Gesichtsbehandlung nach einer strapaziösen Reise und vor einer wichtigen Verabredung – in meinem Falle: mit New York – muss einfach sein.

»Betty, tun Sie, was Sie für richtig halten. Ich bin zu jung, um so alt auszusehen.«

Schönheit

Während meine Maske ihre Wirkung tat und meine Lippen durch die langsam erstarrende Tonschicht zum Schweigen gebracht wurden, ergriff Betty das Wort.

»Soll ich Ihnen aus der Hand lesen? Ich bin nämlich konzessionierte Futurologin, kann Tarotkarten lesen und aus der Hand. Normalerweise arbeite ich nur zu Hause, aber da Sie eine neue Kundin sind und die Maske ihre Zeit braucht, kann ich bei Ihnen eine Ausnahme machen. Honorar nehme ich keins, aber eine Spende ist willkommen, falls Sie zufrieden sind. Mein Vorschlag wären fünfundvierzig Dollar für eine halbe Stunde. Danach nehme ich Ihnen die Maske ab. Ich habe das dritte Auge. Ich habe auch eine Website und bin im Fernsehen gewesen, wissen Sie? In der ›Morning Glory Show‹ hier. Die Leute sagen, ich sei ein Medium für Prominente. Gibt es eine bestimmte Frage, die Sie mir stellen wollen? Ihre Aura sagt mir, dass Sie Probleme mit einem Mann haben, der Ihnen sehr nahesteht, vielleicht Ihr Ehemann.«

»Mein Vater.«

»Ja, Ihr Vater. Ganz recht.«

Das Angebot war verlockend. Ich habe einen Hund, der die Zukunft vorhersagen kann. Er ist jung und stark, eine Pitbull-Kreuzung mit dem sanftesten Wesen von der Welt. Fortuna hat ihn vor einem Jahr an meiner Haustür abgegeben, gerade als Ivan mein Leben in Beschlag nahm. Der Hund verkörperte alles, was ich bis dahin an einem Mann gesucht hatte. Er hat ein seidenweiches Fell, unter dem die Muskeln spielen, und einen klaren, direkten Blick. Er lässt sich leicht zufriedenstellen, wenn man ihm zu essen gibt, und er himmelt mich an. Ich gab ihm den Namen Ivanhoe.

Und Ivanhoe hatte das dritte Auge. Er erkannte, wenn Ivan im Begriff war, mich anzurufen. Er trottete dann zum Telefon und starrte es tieftraurig an. Und innerhalb weniger Sekunden klingelte es. Wenn also Ivanhoe die Zukunft voraussagen konnte, warum dann nicht auch ein menschliches Wesen? Es bedurfte dazu nur einer gewissen Empfänglichkeit für Informationen – Talent eben. Manche besitzen es, andere nicht, und wenn Ivanhoe als Maßstab taugt, ist hohe Intelligenz dabei nicht unbedingt von Vorteil. Deshalb neige ich dazu, Leuten zu glauben, die von sich behaupten, sie wüssten, was die Zukunft bringt – vor allem, wenn sie nicht zu helle sind. Vielleicht war Betty genial. Die Sache war einen Versuch wert.

»Nehmen Sie auch Kreditkarten?«

Sie zündete eine Kerze an, machte es sich auf ihrem Salonhocker bequem und versetzte sich schnell und sicher in Trance. Mit geschlossenen Augen wippte sie vor und zurück, sie stöhnte, ihre Finger schwebten über meinen Handtellern und nahmen ihre Emanationen auf. Ich bebte vor Spannung, als sie zu sprechen begann. Endlich, endlich würde ich erfahren, wie meine Geschichte mit Ivan zu Ende ging. Ich würde erfahren, ob mein Herz dazu verdammt war, sich ewig nach ihm zu verzehren. Aber Fragen konnte ich nicht stellen. Mein Gesicht war unter der Maske erstarrt.

»Ich sehe einen Ritter in glänzender Rüstung. Er hat schönes, dichtes Blondhaar. (Hans!) Er liebt Sie sehr. (Tatsächlich, Hans!!) Aber obwohl er Sie liebt, liebt er auch eine andere Frau, die jünger ist als Sie. (Wie bitte? Was ist los?) Sie sollten um seine Zuneigung nicht kämpfen, sondern gelassen bleiben. Er wird zu Ihnen zurückkommen. Achten Sie gut auf sich. Tun Sie etwas für Ihre Schönheit. Und sehr wichtig – lernen Sie, unabhängiger zu sein! Sie machen sich zu abhängig von ihm, und dadurch fühlt er sich beengt.«

Mit einem Ruck entzog ich ihr meine Hand und schaffte es nun doch, unter der steinhart gewordenen Maske die Lippen zu bewegen: »Waschen Sie das jetzt ab, bitte!«

Sie tat es. Wahrscheinlich glaubte Sie, Ihre Botschaft habe mich so in Erregung versetzt, dass ich unbedingt sprechen wollte. Als Sie mir die Augenbrauen geschminkt und ein paar Cremes ins Gesicht gerieben hatte, richtete sie meinen Sitz vor dem Spiegel wieder auf und sagte: »Gefallen Sie sich jetzt nicht besser?«

»Ob ich mir selbst gefalle, ist nicht das Problem«, entgegnete ich. »Sagen Sie mal, warum vergeuden Sie Ihr Talent an mir? Wenn Sie die Zukunft wirklich vorhersagen können, warum spekulieren Sie dann nicht an der Börse oder setzen bei Pferdewetten? Stellen Sie sich doch mal vor – Sie könnten Leben retten, Katastrophen abwenden oder immer nur bei Restaurants anrufen, in denen auch wirklich Tische frei sind. Warum sagen Sie uns nicht, ob Obama die Wahl gewinnt?«

»Obama«, unterbrach sie mich mit einer sanften Stimme, die ihre stählerne Gewissheit ummäntelte, »Obama ist ein islamischer Spion. Der setzt auf den Koran statt auf die Bibel. Sobald er im Amt ist, wird er nur noch schwarze Minister in sein Kabinett berufen, und unsere Kinder wird er zwingen, in der Schule den Koran zu studieren.«

»Wissen Sie das ganz sicher?«

»Und ob!«, sagte sie mit einem traurigen Nicken.

Ich klopfte ihr auf die Schulter.

»Betty, wenn Sie wirklich ein Medium wären, dann würden Sie ein paar Dinge sein lassen: im Internet Reklame machen, sich selbst als Prominentenmedium bezeichnen, einen Teilzeitjob in diesem Schönheitssalon annehmen und gleichzeitig an Ihrem freien Tag zu Hause Kunden empfangen, in einem baufälligen Haus wohnen, Kleinanzeigen in der Lokalzeitung aufgeben und glauben, jede Frau, die Ihnen über den Weg läuft, habe Probleme mit ihrem Ehemann. Ich habe nämlich keine. Vielleicht bin ich ja die Ausnahme von der Regel.«

»Ich bin noch gar nicht fertig! Hetzen Sie mich nicht!«

»Vielen Dank. Es war sehr interessant. Wie viel bin ich Ihnen für die Gesichtsbehandlung schuldig? Ich sehe wunderbar aus. Das haben Sie großartig gemacht. Haben Sie nun eigentlich das Programm für junge oder für ältere Frauen genommen? Ach, egal! Ich will es gar nicht wissen.«

Aber von Obama hatte ich genug. Allen ging er im Kopf herum. Da brauchte ich nicht auch noch mitzumachen.

Einige Beobachtungen über die erste Klasse

Lange bevor er herausfand, wie man heizt und kocht, hatte der Mensch seine Fortbewegung schon im Griff. Auf dem Rücken eines Vierbeiners ritt er zu einem Feuer, das irgendwo im Freien von einem Blitz entzündet worden war, und plötzlich kam ihm die Idee, ein paar Flammen zu rauben und sie in seine Höhle zu bringen. Doch seine Einstellung zur Pferdestärke blieb zwiespältig – vielleicht aus Neid, aber auch aus Angst. Was man nicht kontrollieren kann, mag man nicht. Das ist nur natürlich, und deshalb hasste ich den widerspenstigen Junghengst von einem Propellerflugzeug, das mich von Asheville nach Atlanta brachte, wo ich dann nach New York umsteigen sollte. Der Winzling hatte nicht mal eine erste Klasse. Normalerweise hätte ich diese Art der Fortbewegung überhaupt nicht in Betracht gezogen, sondern hätte mir einen Wagen mit Chauffeur genommen und mich die fünfhundert Meilen bis zum nächsten Großflughafen kutschieren lassen. Ich hätte meinen Manager angerufen und gesagt: »Jeff, die haben hier auf der ersten Etappe nach New York nur *economy*«, und er hätte mir auf der Stelle einen Fahrer geschickt. Aber ich hatte Jeff gefeuert, nachdem ich mich selbst aus dem Rennzirkus hinauskatapultiert hatte. »Liebling«, hatte Ivan gesagt, als wir im Jahr vorher unseren Ausflug zur Buchmesse in Frankfurt planten, »warum müssen wir denn nach Frankfurt erster Klasse fliegen? Der Flug dauert doch nur eine Stunde. Da können wir hinten sitzen und uns die ganze Zeit küssen. Du bringst mich noch ins Armenhaus.« Ich bezahlte mein Erste-Klasse-Ticket selbst und saß allein. Ivan musste sich auf unwürdigste Weise durch den engen Gang nach hinten kämpfen, vorbei an dem feudalen Sessel, in dem ich mich rekelte. Niemandem konnte entgehen, dass ich erster Klasse flog, und das allein war den Preis schon wert. Nach dem Start ging ich dann nach hinten, setzte mich neben Ivan, und wir küssten uns bis zur Landung.

Das Gewissen des Privilegierten ist ein heiß umkämpftes Gelände. Meine Freundin, die Gräfin M***, zum Beispiel reist nur in der Touristenklasse. Sie genießt ihren Interkontinentalflug in der *economy class* von der ersten bis zur letzten Sekunde, weil sie dabei so viel spart, wie sie an Zinsen in einer Stunde verdient. Sie fährt eine Vierzylinderkarre, trägt Designerklamotten aus zweiter Hand und bestellt immer das billigste Gericht auf der Speisekarte, auch wenn jemand anders bezahlt. Dabei ist ihre Familie seit achthundert Jahren reich. Und auch das sieht man – ihre Augen haben das dunkle Graublau des Grabens, der ihre Wasserburg umgibt, ihre Haut ist makellos wie Meissener Porzellan, und ihr schlanker Körper bewegt sich mit der Eleganz eines Windhundes. Sie und ihre neunzigjährige Tante fuhren neulich zweiter Klasse mit dem Zug von Hamburg nach Köln und setzten sich dort zwei Stunden in die Bahnhofsgaststätte, bevor sie einen Nachtzug nach Südfrankreich bestiegen, in dem sie sich den Luxus von zwei Couchettes in einem Sechserabteil leisteten, und trafen am Nachmittag des nächsten Tages, taufrisch wie die Göttin der Morgenröte, auf dem Chateau der Familie ein. Wenn die Gräfin und ich zusammen essen gehen und sie mit Bezahlen an der Reihe ist, nötige ich sie jedes Mal, sich im Verschwenden zu trainieren. Ich nehme den Hummer und bestelle einen Château Petrus, obwohl ich von Wein nichts verstehe, und wenn Vernunft über Vorurteil ginge, würde wohl jeder zugeben, dass fades Hummerfleisch außer seinem Preis keine Sensationen zu bieten hat. Die Gräfin M*** ist viel zu feinsinnig, als dass sie daran jemals Anstoß nehmen würde. Insgeheim bewundert sie unverschämtes Benehmen. Ich weiß, dass sie meine Einstellung für atemberaubend neureich hält, und von dieser Überzeugung möchte ich sie auch nicht abbringen.

Ivan ist nicht feinsinnig, und er war außer sich vor Freude, als er erfuhr, dass ein hochbedeutender Mann wie Sir S*** immer in der *economy class* fliegt, obwohl die Stadt einem Angestellten seiner Gehaltsstufe auch ein Erste-Klasse-Ticket zahlt. Auf einem Flug nach Paris mit einem *Billigflieger* saß Ivan einmal neben ihm, und sie entdeckten ihre innige Verbundenheit über der Erörterung all der Fragen, die sich stellen, wenn man aus dem tiefen Sand des Internets die billigsten Flüge herauszusieben versucht. Für manche schwerreiche Leute ist Geldsparen ein angenehmer Zeitvertreib. Sie betrachten ihre Anschaffungen vom Preisschild her – ein Fernseher ist ein Schnäppchen oder eine gerechtfertigte Investition, ein Toaster kostet vierundzwanzig Euro plus Mehrwertsteuer. Auch mir gehen ständig Zahlen durch den Kopf, aber nicht, wenn ein hässlicher Trochäus wie »Dollar« oder »Euro« daranhängt.

Ich weiß nicht mal, ob ich wohlhabend bin. Ich will es auch gar nicht wissen. Als ich das Rennfahren aufgab, machte mir Jeff, mein Manager, Vorwürfe, ich würde mein Talent vergeuden, womit er meine Fähigkeit meinte, ein ordentliches Gehalt für ihn zu verdienen. Damals hatte ich Hans gerade kennengelernt. Bis dahin hatte sich Jeff um mein Portemonnaie gekümmert. Er hatte alles bezahlt, was anfiel. Auch sich selbst hatte er gezahlt, was er für richtig hielt, und ich war nicht so kleinlich, jemals nachzuzählen. Als dann Hans mein Portemonnaie übernahm, war schon viel weniger drin. Aber er ist nicht nur wohlhabend, sondern auch großzügig und hat sich nie darüber beschwert, dass er mich subventioniert. Er betrachtet meinen Umgang mit Geld mit toleranter Belustigung und hat deswegen noch nie Streit mit mir angefangen.

Aber ich kann mich mit mir selber streiten. Also – bin ich bei einem Rennen lieber Zweiter als Erster? Natürlich nicht. Es ist vielmehr so: Luxus als solcher interessiert mich nicht, wohl aber, dass ich immer ganz vorne dabei bin. Zugegeben, immer der Erste sein zu wollen ist vielleicht unfein, aber falsch ist es nicht. Seit ich mein erstes großes Rennen gewonnen habe, bin ich immer erster Klasse unterwegs, und ich bin ein Gewohnheitstier. Auch wenn ich keine Rennen mehr fahre, kann ich mich nicht in eine hintere Reihe begeben. Lieber reise ich gar nicht mehr. Ich hatte mich in den Bus gesetzt, weil das so exotisch war wie eine Fahrt durch das Große Rift-Valley in Ostafrika. Aber auf dem Weg über Atlanta nach New York konnte ich unmöglich einen Platz im hintersten Teil der Maschine akzeptieren. Plötzlich hieß es, ich könne sitzen, wo ich wolle, sogar in der allerersten Reihe – als wäre das ein völlig wertloser Vorteil.

Ich hatte die Wahl, in Asheville zu bleiben (aber bleiben ist nicht mein Stil) und am nächsten Morgen um sechs einen Flug zu nehmen, der eine erste Klasse hatte. Aber um halb fünf aufstehen!

»Die Nachmittagsmaschine ist leer«, versicherte mir die Verkäuferin am Ticketschalter. »Sie werden sich fühlen wie in einem Privatjet.« Das war natürlich eine Lüge. Ich sah schon Passagiere, die sich am Gate drängten wie nervöse Büffel. Ich war drauf und dran, verdrossen von dannen zu ziehen. Aber selbst das war mühselig. Wenn mir wenigstens jemand den Koffer getragen und mich durch den Flughafen begleitet und mir den Weg gezeigt hätte, damit ich nicht darüber nachzudenken brauchte. Gesenkten Kopfes stellte ich mich in die Schlange.

Der junge Mann hinter mir war mir schon am Gate aufgefallen, wahrscheinlich, weil er wie ein Geschäftsmann auf Tagestour gekleidet war – schwarzer Anzug, steif wie ein Schuhkarton und viel zu groß. Beim Einsteigen spürte ich seine Gegenwart. Während wir durch den Gang nach hinten gingen (wie es Ivan allein getan hatte), hielt er sich hinter mir. Mit seiner riesigen, groben Jacke war er so unübersehbar wie ein Gorilla. Er folgte mir bis nach ganz hinten und setzte sich auf der anderen Seite des Gangs in die gleiche Reihe wie ich. Ich war mir sicher, dass dieser Platz nicht auf seinem Ticket vermerkt war. Aber sonst kam niemand mehr. Es waren keine anderen Passagiere in Hörweite.

Mein Äußeres hatte all seinen Glanz eingebüßt – das fühlte ich. Trotzdem starrte er mich die ganze Zeit an. Ich spürte, wie sein Blick an mir klebte. Er begehrte mich ganz offen. Und mit seinen braunen Locken war er selbst nicht unattraktiv. Ich prüfte mein Spiegelbild im Kabinenfenster – das schmale Gesicht, die kesse Nase, die roten Lippen. Ich an seiner Stelle hätte mich auch begehrt. Aber eingezwängt in der *economy class*, war meine Eitelkeit der Situation nicht gewachsen. Ich wandte mich ab, entschlossen, mein Desinteresse zu demonstrieren, doch er ließ sich nicht entmutigen. Anscheinend kam es ihm gar nicht in den Sinn, dass ich Einwände haben könnte.

In einem inneren Monolog voller Wut wandte ich mich an ihn und seinesgleichen: Einige von euch Männern glauben offenbar, dass eure Aufmerksamkeit den Frauen schmeichelt, egal, in welcher Verfassung ihr seid, egal, wie alt und wie matschig. Hört mal zu. Es gibt Frauen, denen sind selbst junge, gutaussehende Männer gleichgültig – die lassen sich die Aufmerksamkeit von einem Mann nicht einfach aufdrängen, nicht ohne vorherige Einwilligung. Auch mit Blicken kann man jemanden fressen. Eine ältere Frau anzustieren kann allerdings ein nettes, kleines Kompliment sein, das der Mann ihr getrost machen darf. Aber ich rate euch: Behaltet eure Blicke für euch, wenn ihr es mit jungen Frauen zu tun habt! Er reagierte nicht auf meine stille Predigt. Ich hielt die Augen weiter dem Fenster zugewandt, als gäbe es in dem Blau da draußen tatsächlich etwas zu sehen. Aber jedes Mal, wenn ich zu ihm hinüberschielte, spürte ich seinen vergewaltigenden Blick. Kaum waren die Anschnallzeichen erloschen, hatte er sogar die Frechheit, aufzustehen und mich anzusprechen.

»Darf ich mich ein paar Minuten zu Ihnen setzen?«

Ohne meine Antwort abzuwarten, ließ er sich in den Sitz neben mir fallen, und bevor ich mich wehren konnte, brach er in Tränen aus.

Kummer

Er schlug sich die kräftigen, weißen Hände vor das Gesicht und bebte am ganzen Körper. Die Nässe seiner Augen stand unter solchem Druck, dass sie als schimmernder Schwall zwischen den Fingerritzen hervorquoll und ihm in die Ärmel seiner übergroßen Jacke lief. Sein Unglück geriet außer Kontrolle. Ich konnte von der Seite nicht zuschauen, ohne mitgerissen zu werden. Ivan, ich vermute, du hast auf dem Armaturenbrett meines Herzens einen Sensor für Traurigkeit eingebaut, und nun reagiert er auch auf die Traurigkeit von anderen so stark, dass mein robustes kleines Ich davon ins Schleudern zu kommen droht. Fast wäre ich diesem Fremden in seinen Empfindsamkeitsexzess gefolgt und hätte mitgeweint, aber so ganz konnte ich ihm doch nicht glauben. Vielleicht handelte es sich ja um eine neue Methode, mich zu verführen. Deshalb betrachtete ich ihn nüchtern. Zuletzt schien sich sein Herzenskummer zu erschöpfen. Mit beiden Handrücken verteilte er seine Tränen über das ganze Gesicht und erklärte: »Entschuldigen Sie, dass ich Sie belästige. Meine Frau und die kleinen Mädchen sind heute morgen gestorben.«

Sobald er das gesagt hatte, wurde er ruhig.

»Mary hat mich letztes Jahr verlassen. Sie nahm die Kinder mit und alles. Meine Kinder. Ging nach Atlanta. Sie hatte einen anderen. Er hatte ein großes Haus mit Garten. Er hat den Mädchen eine Schaukel gebaut. Meine Kinder mochten ihn. Aber er war eifersüchtig oder so was. Ich weiß nicht, was da los war. Er hat sie erschossen. Sie hatten ihm nichts getan. Sie haben geschlafen. Ich will einfach bloß neben jemand Nettem sitzen, wenn es Ihnen nichts ausmacht. Ich bin noch nie geflogen.«

Ich erinnere mich an eine ehemalige Bankangestellte, die beim Bäcker in der Schlange stand und ihre Fehlgeburt mit dem Verlust einer ganzen Familie im Holocaust verglich. Als das ungeborene Kind gestorben war, hatte ihr Mann sie verlassen, und nachdem sie sich über ihren »Holocaust« bei einem älteren Kunden beklagt hatte, der wirklich in Auschwitz gewesen war, als dort Hochbetrieb herrschte, verlor sie auch noch ihre Stelle bei der Bank. Sie wusste nicht mehr, was sie mit ihrem Körper anfangen sollte. Er trocknete aus. Fältchen überzogen ihr Gesicht wie Spinnweben – sie verlor ihr Aussehen. Dabei hatte sie nicht übertrieben. Sie verlor alles, was sie zu verlieren hatte. Der Verlust von Ivan war damit nicht zu vergleichen, aber mehr als ihn hatte ich noch nie zu verlieren. Es gibt sowieso keinen Maßstab für die Schwere von Verlusten, weil es nur zwei Arten gibt – die erträglichen und die unerträglichen.

Wenn der Verlust unerträglich ist, dann gibt es schon aus logischen Gründen nichts, was einen darüber hinwegtrösten könnte. Deshalb versuchte ich gar nicht erst, meinen Nachbarn zu trösten. Ich saß neben ihm und bot ihm mein Flugzeug-Dinner an – ein Brötchen mit Butter und Schinken, das ich gern selbst gegessen hätte, das mir aber unter diesen Umständen nur ein kleines Opfer zu sein schien, und ich hatte schon gesehen, mit welchem Eifer er sich über sein eigenes Brötchen hergemacht hatte. Er nahm auch meines. Er lächelte sogar ein bisschen. Und dann aß er es mit gespieltem Appetit, um mir zu gefallen; denn mir zu gefallen war eine Aufgabe, der er sich widmen konnte. Ich beobachtete einen Krümel, der eine Zeit lang an seiner glänzenden Unterlippe hing, bis er herunterfiel.

Ich habe festgestellt, dass Gespräche über Politik auf viele Leute eine beruhigende Wirkung haben. Deshalb fragte ich ihn, was er von Obama halte, und er sagte: »Ich arbeite bei der Post. Mein Vorgesetzter dort, Vance Junior – sein Vater, Vance Senior, ist im Ku-Klux-Clan. Ein richtig hohes Tier. Der redet nicht viel, außer freitagabends, wenn er sich besäuft – dann quatscht er. Sein Sohn Vance ist ein netter Kerl. Er wusste, dass es mir schlecht geht, und hat mich oft nach der Arbeit zu sich mitgenommen. Sein Vater hatte ein Schild im Fenster hängen: Wir brauchen keinen Besuch. Letzten Freitag war ich trotzdem da. Sein Vater war betrunken. Er sagte, er werde den Neger wählen, denn der hat Manieren, die anderen nicht. Man muss selbst Manieren haben, um sie bei anderen zu erkennen, oder? Vielleicht habe ich keine. Und vielleicht habe ich dafür bezahlen müssen.«

Danach überwältigte ihn wieder der Kummer, und ich konnte ihm nur über die Hände streicheln, die wie zum Gebet gefaltet in seinem Schoß lagen und ganz nass waren von den Tränen, die ihm übers Gesicht liefen und wie aus einem Regenrohr von der Nase in den Schoß tropften. Ich sagte nichts. Bei Sturm schreien ist zwecklos. Ich war traurig, als das Flugzeug landete und er sich entschuldigte und mir alles Gute wünschte, als ob ich es nötiger hätte als er. Ich dachte, falls ich mehr Einzelheiten über den Mord erfahren wollte, würde ich sie in der Zeitung finden. Ich schlug die Zeitung auf, die ich beim Abflug eingesteckt hatte, und warf einen Blick auf meine Lieblingsseite, die Kleinanzeigen: Er sucht Sie. Die einzig interessante war nicht für mich bestimmt:

Du wurdest in Dallas in einen Polizeiwagen gesteckt. Ich schrie »diese Scheißbullen« ... du machtest die »Black Panther«-Faust. Sie gingen mit dem Elektroschocker auf dich los, ich bekam Gänsehaut. Dein Haar ist sehr schön. Ruf mich an, wenn Du wieder draußen bist.

Mir fiel ein, dass ich seit fast zwanzig Stunden nicht mehr nach meinen E-Mails gesehen hatte. Eine Durststrecke von Rekordlänge. Beim Aussteigen hielt ich mich neben meinem Gefährten. Seine Größe und seine Kraft waren mir angenehm, aber damit bewahrte er mich nicht vor dem Schock: Der Flug nach New York war auf der Anzeigetafel gestrichen. Er begleitete mich an den Informationsschalter – der nächste Flug ging erst am Morgen. Ich wandte mich an ihn: »Soll ich mit zu Ihnen kommen, damit Sie nicht allein sind?« Aber er sagte, danke, es gehe schon, seine Schwester würde ihn hier abholen. Leider hatte ich mich nicht besonders geschickt angestellt. Ich beschloss, mir in der nächsten Maschine mit echter *first class*, die nach Norden flog, egal wohin, einen Platz zu buchen. Ich legte ihm die Arme um die Taille und drückte ihn an mich. Wir geben bestimmt ein hübsches Bild ab, dachte ich dabei.

Norden

Die Vorstellung, man brauche nur weit genug zu reisen, dann verliere jeder Kummer, der einen verfolgt, irgendwann die Spur, ist zwar offensichtlich falsch, aber einen Funken Wahrheit enthält sie doch. Denn wenn es lange genug dauert, bis man irgendwo ankommt, kann man den Kummer tatsächlich abschütteln. Die Lebenserwartung von Kummer liegt nämlich nur zwischen ein paar Monaten und höchstens ein paar Jahren. Im Laufe dieser Zeit wird er immer schwächer und kann nicht mehr richtig mithalten. Und irgendwann lässt man ihn dann ganz hinter sich – sofern man will. Manchen Leuten fehlt etwas, wenn sie keinen Kummer haben. Sie beschwören ihn immer wieder herauf und halten ihn künstlich am Leben. Denn Kummer ist auch ein ausgezeichneter Begleiter, vor allem, wenn man keinen anderen hat. Er ist im Grunde wie der ideale Gatte, dem man die Schuld an allem zuschieben kann.

Ich jedoch litt nicht vorsätzlich. Und weil ich jene Mauer aus Zeit und Raum zwischen mir und Ivan, der Quelle meines Unglücks, errichten wollte, ließ ich mich von der Erste-Klasse-Problematik weiter als anfangs geplant nach Norden tragen. Über Alaska wusste ich nichts, kannte nur das Gerücht, es sei fast ausschließlich von starken Männern bevölkert. Doch schon ein flüchtiger Blick in Google zeigt, das Gegenteil trifft zu – nirgendwo in den Vereinigten Staaten ist das Zahlenverhältnis zwischen Männern und Frauen so ungünstig wie in Alaska. Irgendwann müssen dort, angelockt von der Aussicht auf Männer, so viele Frauen aufgetaucht sein, dass sie die Gegend überschwemmt haben. Außerdem ist die Lebenserwartung von Männern dort natürlich sehr niedrig, viele werden von Bären gefressen und viele andere von ihren Schneemobilen in Stücke gesägt.

Eine E-Mail

Ich war der einzige Passagier in der ersten Klasse, so dass sich die Stewardessen ganz auf mich konzentrieren konnten. Als die Anweisung kam, alle elektronischen Geräte müssten jetzt ausgeschaltet werden, ging ich gerade meine E-Mails durch – und entdeckte einen Brief von Ivan.

Liebe Clarissa,
*stell Dir vor, ich fliege nach New York und schreibe Dir von unterwegs. Ich muss wegen dringender Geschäfte hin (mein neues Buch) und dachte, es wäre nett, Dich dort zu treffen. Bitte ruf mich in meinem Hotel *** an, wenn ich angekommen bin – heute Abend gegen zehn Uhr Deiner Zeit.*
Innige Umarmung
Ivan

Ich riss den Sicherheitsgurt, der mich gefesselt hielt, auf, sprang hoch und jaulte nach der Stewardess, ich hätte es mir anders überlegt und müsse sofort wieder aussteigen. Aber sie hörte mich nicht. Die Triebwerke liefen auf vollen Touren, die Türen waren längst geschlossen. Dann kam sie plötzlich doch den Gang entlanggehastet, bellte mich an, ich solle mich sofort hinsetzen, und war im nächsten Moment wieder verschwunden. Ich hatte keine Wahl. Amoklaufen liegt mir nicht. Stattdessen beruhigte ich mich bei dem Gedanken, dass wir laut Flugplan in drei Stunden ankommen würden. Danach konnte ich dann gleich wieder umkehren und nach New York fliegen. Oder ich konnte Ivan nach Anchorage einladen. Das wäre ungeheuer romantisch. Aber er würde sagen: Nein, komm du nach New York. Er sei mir schon so weit nachgereist.

Und dann dämmerte mir: Ich hatte gewonnen! Sieg! Ich lehnte mich zurück. Ruhe überkam mich, ich schwebte in einer emotionalen Windstille. Ich hatte zurückbekommen, was mir von Rechts wegen gehörte.

Anchorage

Drei Stunden später, am späten Nachmittag, landete ich in Anchorage. In New York war es inzwischen Nacht. Wir waren in acht Stunden 3409 Meilen geflogen und hatten drei Zeitzonen hinter uns gebracht und nur eine winzige Mahlzeit bekommen; die ganze Zeit hatte ich in der ersten Klasse in Einzelhaft gesessen, ohne Gesellschaft und ohne Freigang. Manchmal ist man zu müde und zu hungrig, um über den Rest seines Lebens nachzudenken. Ich nahm ein Taxi zu einem Fünf-Sterne-Hotel. Die normalen Zimmer waren alle belegt. Aber eine Suite war noch frei – ich könne warten, bis sie aufgeräumt sei. Die goldene Kreditkarte von Hans schließt jedes Hotelzimmer auf. Dann wieder Warten. Im Hotelrestaurant war kein Platz für Alleinstehende frei. Ich musste mich in die Hotelbar setzen, wo ein Glas Chardonnay 18 Dollar und ein Thunfisch-Canapé 32 Dollar kostete.

Einige Gäste kamen mir bekannt vor. Ein alter Kauz mit Überbiss sah aus wie ein Obdachloser – der schmächtige Körper in einen wärmenden Trainingsanzug gewickelt, abgetragene Turnschuhe an den Füßen. Aber ich erinnerte mich an sein Gesicht und wusste, dass er eines der größten Presseimperien der westlichen Welt besaß und über die Köpfe von Millionen Menschen sein Zepter schwang. Trotzdem waren die Plätze links und rechts neben ihm leer. Es war ein Gebot der Höflichkeit, dass ich einen von ihnen einnahm.

Mit einem Lächeln lenkte ich seine Aufmerksamkeit auf mich und stellte mich als eine berühmte Ralleyfahrerin vor, die zu ihrem großen Vergnügen einmal in einer seiner berühmten Zeitschriften porträtiert worden sei. Er sah mich ausdruckslos an und fragte, ob ich gekommen sei, um hier ein Rennen zu fahren, worauf ich erwiderte, nein, durchaus nicht. Ich würzte nach: Inzwischen würde ich gar keine Rennen mehr fahren, sondern Lyrik schreiben, würde sechzehn Stunden am Tag arbeiten und sei bei einem guten Verleger unter Vertrag. Leider wollte er wissen, bei welchem. Aber weil mir das Lügen langsam zu anstrengend wurde, gestand ich einfach, den letzten Teil hätte ich erfunden. In Wirklichkeit hätte ich beschlossen, nie mehr ein Rennen fahren. Mein Mann sorge für mich, aber ich hätte mich in einen russischen Dichter verliebt, was aber nicht gut gegangen sei, und nun sei ich nach Alaska geflogen, um in der einmalig schönen Landschaft auf andere Gedanken zu kommen. Diese Selbstverleugnung ging mir zu weit, und ich korrigierte mich, dass ich mir eigentlich nichts aus Landschaften mache, ich sei sogar einer der raren Rallyefahrer gewesen, die nur die Straße wahrnahmen und nach einem Rennen keines der üblichen Statements über die Schönheit der durchfahrenen Natur abgaben. Ich dachte, damit könnte ich bei meinem neuen Bekannten punkten. Dann fügte ich hinzu, mein poetischer Geliebter sei klein und hässlich, ich liebte ihn aber trotzdem. Kleine, hässliche Männer hören so etwas gern.

Der Pressezar war, wie nicht anders zu erwarten, entzückt. Er bezahlte mir mein Canapé und den Chardonnay und sagte, er müsse jetzt zu einer Sitzung, aber es sei ihm ein Vergnügen gewesen, mich kennenzulernen. Er entfernte sich dann ziemlich hastig, wie mir schien. Vielleicht hatte es ihn verlegen gemacht, dass eine junge Frau ihm so unerwartet ihre Aufmerksamkeit schenkte. Als Mann mit Terminkalender waren ihm vorab vereinbarte Treffen vielleicht lieber, damit er Zeit hatte, sich zu präparieren oder wenigstens die weißen Haarsträhnen nach hinten zu kämmen. Ich drehte mich noch einmal nach ihm um und erblickte eine blonde Frau, die die Bar betreten hatte und ihn mit einer ungeduldigen Handbewegung zur Eile antrieb. In ihrem Kleid sah sie aus wie ein Model, das direkt vom Laufsteg kommt. Er tätschelte ihr die Wange. Ich wandte mich ab.

Plötzlich fühlte ich mich schlecht angezogen.

Aussehen

Ich kann nicht leugnen, dass es mir Freude macht, angeschaut zu werden. Mein Aussehen macht ja auch den anderen Freude. Ich mag hell erleuchtete Räume, damit man mich wirklich sieht, und wenn ich Konkurrenz wittere, trage ich Farben und Muster, die niemand übersehen kann. Mein weißes Kleid sah in der Sonne herrlich aus, aber hier war es ganz verkehrt. Ich hätte Scheinwerferlicht gebraucht. Ich bat den Kellner, mir meinen Tisch freizuhalten, und ging rasch hinüber in die Lobby, wo ich eine Boutique gesehen hatte. Ich brauchte fünf Minuten und ein paar tausend Dollar für ein in tausend Farben schillerndes Abendkleid, dann war ich konkurrenzfähig.

Kellner gehören zu den wenigen Menschen auf der Welt, die sofort erkennen, wer zu welcher Klasse gehört, ohne sich dabei von der Kleidung irreführen zu lassen. In dem Amüsierpalast in Anchorage zum Beispiel war der Kellner keinen Augenblick im Zweifel über mich, egal, wie ich angezogen war. Wie sich herausstellte, gab es zwei Speisesäle, und als ich nach dem Unterschied fragte, vertraute er mir an: »Der eine ist für Leute mit Macht und der andere für

Leute mit Klasse.« Und fügte hinzu: »Sie werden mehr Spaß in dem Raum für die Leute mit Macht haben – oder eben für die Leute, die gern in der Nähe von Leuten sitzen, die Macht haben. Und dort ist sowieso mein einziger freier Tisch für Sie.« Er lächelte, als hätte er mir soeben die Wetteraussichten für den nächsten Tag mitgeteilt, und führte mich hin.

Ein berühmter alter David, das Schlachtfeld seiner Vergangenheit mit all den toten Feinden übersät, die er für Goliath gehalten und erledigt hatte, saß entspannt am Nebentisch, und seine kleinen Augen strahlten wie zwei Scheinwerfer zu beiden Seiten einer großen Nase. Die Frau, die bei ihm saß, war nasenmäßig ebenfalls gut ausgestattet. Er lehnte sich zu ihr hinüber und flüsterte so laut, dass ich den polnischen Akzent erkennen konnte: »Sag mir, was dir in diesem Saal auffällt.« Seine Begleiterin antwortete: »Die Preise.« Er lachte: »Falsch.« Worauf sie sagte: »Ich geb's auf.« Da sagte er: »Wir sind die einzigen Juden hier!« Ich korrigierte ihn nicht.

Ihm fehlte offenbar der Blick für solche Dinge. Mir dagegen fiel an ihm nicht bloß auf, dass er jüdisch war – er war auch Präsidentenberater. Eigentlich sogar ein Königsmacher. Diese große Nase hatte den Duft der politischen Macht eingesogen, hatte ihm diesen Duft bis hoch hinauf ins Hirn befördert und ihn berauscht. Manche Leute behaupteten, seine Intelligenz habe dabei Schaden genommen, und fast alle behaupteten das Gleiche von seiner Integrität. Aber jene, die am lautesten über ihn schimpften, wollten sich damit nur in der Öffentlichkeit aufspielen und ihren eigenen Ehrgeiz befriedigen. Ich maßte mir kein Urteil über ihn an. Vor meinem inneren Auge sah ich mich an seinem Arm, sah den Skandal, als er meinetwegen seine Frau verließ, und die Bilder in den Zeitungen, auch in den

Berliner Blättern. Wie Ivan nichtsahnend den *Tagesspiegel* aufschlägt, dann der zweite Blick, mit dem er sich vergewissert, und schließlich das Bedauern, dass er so dumm gewesen war, mich gehen zu lassen, wenn auch nur zeitweilig.

Der mächtige Mann unterhielt sich eifrig mit seiner Begleiterin, aber aus der Art, wie er sie nicht genau ansah und dabei aufrecht saß und Abstand hielt, schloss ich, dass sie weder seine Frau noch seine Geliebte war. Sie trug Bluejeans und ein T-Shirt, obwohl sie wahrscheinlich über sechzig war. Es überrascht mich immer, wenn Männer so alten Frauen ihre Aufmerksamkeit schenken, aber wer weiß, vielleicht täuschte ihn ja auch nur das Juvenile an ihrer Aufmachung. Plötzlich merkte ich, dass sie mich an meine Mutter vor zwanzig Jahren erinnerte. Als ich sie zum letzten Mal gesehen hatte, war sie genauso angezogen gewesen.

Der Berater

Meine Nachbarn unterhielten sich nicht miteinander, das Wort führte der mächtige Mann. Er erzählte von einem Besuch bei Ronald Reagan vor vielen Jahren. Man hatte ihn gebeten, den Präsidenten über das neue SDI-Raketenprogramm zu informieren, das er der Öffentlichkeit in vielen Reden und Interviews schmackhaft zu machen versuchte. Ich interessiere mich weder für Raketenprogramme noch für ehemalige Präsidenten, trotzdem konnte ich nicht anders – ich lauschte.

»Als Reagan mir die Tür zum Oval Office öffnete, schien er überrascht, mich zu sehen«, erzählte der Berater. »Er hatte am Schreibtisch gesessen und Comics gelesen. Er war richtig gut gelaunt. ›Was führt Sie ins Weiße Haus?‹, fragte er mich herzlich. – ›Ihr Raketenprogramm, Mister President‹, sagte ich. – ›Raketenprogramm …‹, sagte Reagan und überlegte. ›Welches Raketenprogramm?‹«

Bei seiner Zuhörerin löste dies ein belustigtes Stöhnen aus. Die Augen des Erzählers zwinkerten, und seine Nase zuckte, während er seine Worte wirken ließ, bevor er weitersprach.

»›Das SDI-System, Mister President‹, erinnerte ich ihn. ›Ich möchte Sie auf den neuesten Stand bringen.‹

›SDI? Was war das noch mal?‹, fragte er.

›Star Wars, Mister President.‹

›Ach, das!‹ Der Präsident verzog das Gesicht. Er wedelte mit der Hand. Er winselte. ›Können wir nicht über etwas anderes sprechen?‹«

Die Begleiterin des Erzählers kicherte genüsslich über die Ahnungslosigkeit des armen, alten Reagan. Manche Leute horten Informationen, wie andere Geld horten. Sie fühlen sich reich, wenn sie mehr wissen als andere. Aber Reagan lag nichts daran, alles Wissen für sich zu haben, das er haben konnte. Er geizte nicht damit. Es tat mir leid, dass ich zu jung gewesen war, um ihn zu wählen. Aber ich habe auch später nie gewählt. Millionen Menschen gehen wählen – warum dann auch noch ich? Ich bin kein Herdentier.

Ich hörte nicht länger zu, sondern studierte die Speisekarte. Ich bestellte Pasta auf Italienisch, was den Kellner so verwirrte, dass ich die Bestellung auf Englisch wiederholen musste. Woher ich Italienisch kann, weiß ich nicht. Vermutlich liegt es an den Jahren, in denen ich mir überall in Westeuropa ständig etwas vom Zimmerservice bringen ließ. Ich habe diese Sprachen nicht hereingebeten, sie haben sich in meinem Hirn eingenistet und übernehmen das

Kommando über meinen Mund von selbst. Wenn jemand einen französischen Akzent hat oder mir eine Pizzakarte bringt, wähle ich das passende westeuropäische Idiom. Bei Ivan habe ich, ohne es zu wollen, auch allerlei Russisches aufgeschnappt. Das beeindruckte ihn, und deshalb machte es mir Spaß.

Als ich meine Bestellung endlich losgeworden war, stand die Frau vom Nachbartisch gerade auf und sagte, sie müsse sich die Nase pudern. Kaum war sie außer Hörweite, da sprach ich ihren Begleiter an: »Sir? Entschuldigung. Sie irren sich, wenn Sie meinen, Sie seien die einzigen Juden hier.« Er starrte mich an.

»Tatsächlich?«

Er war nicht daran gewöhnt, sich zu irren.

So kam es, dass ich mich in Alaska mit einem Mann von Einfluss anfreundete, der mir andernorts unerreichbar geblieben wäre. Nachdem wir unsere Erleichterung darüber zum Ausdruck gebracht hatten, dass wir in einer Gegend, wo man es am allerwenigsten erwartet, einem anderen Vertreter unserer Spezies begegnet waren, und nachdem er mir seinen Vornamen – Harold – zum Gebrauch angeboten hatte und ich ihm meinen, fragten wir einander natürlich auch, was uns hierher verschlagen hatte, und wie es seine Art zu sein schien, antwortete er als Erster.

Er sei wegen des Öls nach Alaska gekommen, aber auch, um die hiesige Gouverneurin außenpolitisch zu beraten. In der künftigen republikanischen Regierung solle sie einen wichtigen Posten übernehmen – und für den weiteren Wahlkampf sei die Sache tatsächlich von zentraler Bedeutung. Ich unterbrach ihn und sagte, ich sei noch nie im Leben wählen gegangen und würde es auch diesmal nicht tun – eine unwürdige Zeitverschwendung, da es ohnehin nichts ändert. Worauf er erwiderte, in diesem Fall halte er das sogar für klug, denn die fragliche Dame sei – sie sei, sagte er, »abartig«.

»Abartig finde ich wieder interessant«, gestand ich.

Er schüttelte den Kopf. Diese Dame zu beraten sei tatsächlich absolute Zeitverschwendung. Sie wisse schon alles, was sie wissen wolle. Außerdem brauche man ein Slang-Wörterbuch, um sich mit ihr über die elementarsten Dinge zu verständigen. An seinem außenpolitischen Wissen sei sie nicht interessiert, habe ihm aber einen Posten in »unserer« Regierung, wie sie sich ausdrücke, angeboten. Nur eine einzige Frage habe sie ihm gestellt – wann »wir« mit der Planung für eine Invasion im Iran anfangen könnten. Es sei allerdings sehr unwahrscheinlich, dass sie ihren Posten bekomme, denn es gebe sehr viel qualifiziertere Leute dafür.

Der Berater gab zu, dass er sie attraktiv gefunden habe, aber er finde alle Frauen unter einem gewissen Alter attraktiv, dann wiederholte er, die Gouverneurin sei »abartig«. Als ich enttäuscht erwiderte, das alles komme mir nicht abartig vor, und ihn um Einzelheiten bat, wollte er nicht mit der Sprache heraus, er kenne mich nicht, es genüge nicht, dass ich hübsch und ebenfalls jüdisch und ebenfalls in Anchorage angespült worden sei. Aber auch jetzt fragte er nicht, warum ich hier war. Stattdessen redete er unbeirrt weiter und erklärte mir, die Amerikaner liebten solche Politiker gerade wegen ihrer Inkompetenz, während ihn sein eigener schändlicher Ehrgeiz zwinge, mit ihr zu verkehren, denn selbst in seinem vorgerückten Alter reize es ihn, Macht zu haben. Alles in allem wirkte er zutiefst unglücklich. Natürlich nicht so wie ich. Herzenskummer ist etwas anderes.

Ich unterbrach ihn und erzählte ihm alles über Ivan. Ich sagte, ich erwarte von ihm einen Rat, da ja auch ein hochgestellter Mann wie er nicht davor gefeit sei, sein Herz an die falsche Person zu verlieren. Außerdem sei meine Beziehung zu Ivan gar nicht so verschieden von der zwischen Russland und Weißrussland. Ich sei dabei in der Rolle Russlands. Ich hätte Weißrussland in die Unabhängigkeit entlassen und es nachher bereut. So sprach ich. Und der Große Mann sah mich an und meinte, ich hätte zwar offensichtlich keine Ahnung von dem Verhältnis zwischen Weißrussland und Russland, aber es sei ihm ein Vergnügen gewesen, sich mit mir zu unterhalten. Meine Einladung, mich in der Außenpolitik meines Herzens zu beraten, nahm er an und lud mich zum Frühstück am nächsten Morgen ein. Seine Begleiterin kam zurück, als ich schon wieder auf meinem Platz saß, wo das Paradies auf mich wartete: Pasta. Zu wissen, dass Harold mein Freund war und dass ich mit seinem Rat rechnen konnte, gab mir neue Kraft, aber Essen ist natürlich doch noch was anderes.

Alaska

Als ich das Rennfahren aufgab, steckte ich meine Rolex in einen Umschlag und schickte sie meinem Manager. Ich hatte keine Verwendung mehr für sie. Ich gehe Uhren aus dem Weg, ich lasse mir meine Zeit nicht gängeln. Nach dem Abendessen stellte ich fest, dass die Sonne noch immer schien und dass ich hellwach war. Also machte ich einen Spaziergang. Die Stadttore waren größtenteils verschlossen, aber die altehrwürdigen Berge blickten zu mir in meinem hübschen Kleid herab, und ihre grauen Wangen glühten vor Entzücken. Meine Absätze klopften im Takt meiner

Schritte wie ein erregtes junges Herz. Ich hatte Ivans Brief noch nicht beantwortet. Ich stellte mir vor, wie er einsam und verloren in New York herumsaß. Sein Englisch war miserabel. Wahrscheinlich versuchte er, mit dem Kellner und dem Mann an der Rezeption zu sprechen, bis ihm vor lauter Anstrengung der Kiefer schmerzte. Ich hatte so ungeheuer unter ihm gelitten, und nun, da das Leiden ein Ende hatte, musste ich erst genesen. Männliche Aufmerksamkeit ist eine Form der Huldigung, die die meisten Frauen brauchen, um sich wohlzufühlen – manche mehr, manche weniger. Ich brauche immer reichlich davon, und ich bin nicht wählerisch, von wem sie kommt. Wenn ich dann aber einmal mein Herz bei einem Mann in Verwahrung gegeben habe, stelle ich fest, dass ich auf die Aufmerksamkeit dieses Mannes ganz besonders angewiesen bin. Dass Ivan die Kraft gehabt hatte, sich von mir abzuwenden, war für mich eine vollkommen neue Erfahrung. Nun aber, nachdem sich herausgestellt hatte, dass seine Abkehr eine Pirouette gewesen war und er sich mir wieder zuwandte, konnte ich offener für andere sein. Kurz, ich spürte das Verlangen nach einem bewundernden Blick, egal, wer ihn mir gewährte.

Ein Seitenblick auf vorübergleitende Schaufenster zeigte mich im Alleingang in aufregend nördlicher Szenerie. Ich sah nach unten, auf meine Knie. In meinem Rennwagen habe ich sie immer beobachtet, wie sie sich unter dem feuerfesten Gewebe meiner Montur abzeichneten, während ich auf gefährlichstem Gelände herumkurvte. Jetzt waren diese Knie nackt, sie rührten mich, sie waren so Clarissa-haft. Sie hatten Kraft. Sie hatten Entschlossenheit. Sie hatten Humor. Und sie waren rund wie Pfirsiche. Sie hatten eine Hand verdient, die sich auf sie legte. Ich trat durch die erste Tür, die aussah, als könnte Bewunderung dahinter lagern – eine Bar namens »Tatze und Geweih« –, und ging sofort auf den Mann zu, der dort in sein Whiskeyglas starrte, die brennende Zigarette neben sich im Aschenbecher, ein kleines, wärmendes Lagerfeuer.

Meine Gegenwart auf dem Hocker nebenan erinnerte ihn an die Möglichkeiten, die das Leben bot. Er sah bloß einmal hin und begann schon zu strahlen vor lauter Verlangen nach mir.

»Ein Bier?«, fragte er.

Ich nickte und sah, wie mein Lächeln ihn berauschte. Ich schlug ein Bein über das andere, wohl wissend, was die lang geschwungene Linie eines Schenkels über einem anderen bedeutet. Er stellte sich vor als früherer Gewinner des »Tesoro Iron Dog«. Er hatte einen Spitzbart und einen prächtigen Haarschopf. Volltreffer! »Iron Dog« hatte ich schon mal gehört – es war das längste Schneemobilrennen der Welt. Da hatten wir sogar etwas gemeinsam.

»Ich fahre auch Rennen, Rallyes. Aber inzwischen bin ich es leid. Und Sie?«, fragte ich. Plötzlich kam bei mir die Hoffnung auf, ich hätte einen echten Seelenverwandten gefunden. (O Ivan. Wir sind so grundverschieden. Wirklich zu dumm!)

»Welches Sternzeichen sind Sie?«

»Widder.«

»Ich auch!!« (Ivan war Wassermann – das passte überhaupt nicht.)

Nachdem wir festgestellt hatten, dass wir sogar den gleichen Aszendenten hatten, wurde mir klar: Seine und meine Zukunft waren ineinander verflochten.

»Sind Sie das Rennfahren auch leid?«, fragte ich und erwartete, dass er nickte.

»Nö«, sagte er, »hatte einen Unfall.«

»Ach«, sagte ich, »ich auch. Was ist denn bei Ihnen passiert?«

Aber er antwortete nicht und fragte auch nicht nach meinem, sondern rauchte bloß. Sein Haar glänzte so intensiv wie mein geliebter Lancia 037 vor einer Rallye. Nachdem er die Zigarette ausgedrückt hatte, leerte er sein Bierglas rasch und ohne dass man ihn schlucken hörte.

»Sie fahren Rennen?«, fragte er skeptisch. »Ich meine, ich kenne Frauen, die alles Mögliche machen. Sie machen die Schule zu Ende. Sie besorgen sich gute Jobs. Aber Rennen? Meine Frau fährt einen Off-Roader. In dem kommt sie sich groß vor. Als wenn sie nicht schon groß genug wäre. Aber Rennfahrerinnen? Nie gehört.«

»Früher bin ich Rallye gefahren. Nach dem Unfall habe ich aufgehört.«

Er beugte sich von seinem Barhocker zu mir herüber, aber von seinem Körper ging keine Wärme aus, und aus der Nähe wirkte sein Gesicht leer und gefährlich wie ein Loch im Eis. Er musste ein paar Jahre älter sein als ich, was mich in Führung brachte.

»Woher kommen Sie?«, fragte er.

»Europa«, sagte ich.

Er lehnte sich wieder zurück.

»Ach, das. Nie dort gewesen. Mein Weitestes war Idaho. Ich brauche nichts außer Alaska. Meine Frau hat sich letztes Jahr einen Reisepass besorgt. Als Erste in der Familie. Bücher haben wir keine zu Hause, aber jetzt haben wir einen Pass. Wir haben gewitzelt, dass sie jetzt abhauen wird. Na, da würde ich die Korken knallen lassen. Bin ja bloß Fischer, aber ich helfe ihr auch viel bei der Arbeit. In ihrem Büro kenn ich mich so gut aus wie sie. Außerhalb der Fangzeit arbeite ich auf den Ölfeldern, und letztes Jahr habe ich fast hunderttausend Dollar mit nach Hause gebracht. Hab ein bisschen damit angegeben. Da sagt sie, das Geld hätte ich ihr zu verdanken. In Wirklichkeit wär es ihr Gehalt von dem Regierungsposten, den sie hat, und sie hätte es mir bloß zugeschoben. Und wenn ich nicht aufpasste, sagt sie, würde sie mich rausschmeißen. Sie schmeißt gern Leute raus. Am Ende schmeißt sie mich auch noch als ihren Ehemann raus. Ist ständig hinter mir her, weil ich rauche. Dabei tu ich es in der Öffentlichkeit nie. Ich rauche nur ab und zu. Für alles, was im Haus funktioniert, kann sie sich bei mir bedanken. Ich bin ein ganzer Mann.«

»Erzählen Sie mir von den Iron Dogs«, sagte ich.

Er lehnte sich zu mir herüber und sagte flüsternd: »Wir zwei beide rasen jetzt um die Wette zu der Tür da hinten raus. Ich lass dir den Vortritt.«

Ich bin von Natur aus unfähig, ein Wettrennen abzulehnen. Also schlenderte ich lässig – und mit dem genauen Bewusstsein, in welchem Abstand er mir folgte – auf die kleine Holztür zu. In der Mitte war sie unter der Wucht zahlreicher Schläge, die sie abbekommen haben musste, zersplittert. Ohne mich umzusehen, öffnete ich sie und zog sie hinter mir wieder zu. Ich stand in vollkommener Dunkelheit. Es roch nach Klosett.

Ein paar Sekunden später öffnete sich die Tür einen Spaltbreit, und er schob sich hindurch. Er flüsterte: »Du hast gewonnen!«, und packte mich. Seine Hände waren kalt, jeder Finger ein Eiszapfen. Der heiße Atem roch wie altes Fett. Er war meine Erdkundelektion über Alaska. Ich schob ihn zurück durch die Tür in die Bar, bevor er über Europa allzu viel erfahren konnte.

Mr. Alaska

Mr. Alaska versuchte das Gleichgewicht auf dem Grund seines Bierglases wiederzufinden. Wahrscheinlich gefiel ich ihm besser, als er erwartet oder gewollt hatte. Nach einiger Zeit reckte er sich, um die Spannung abzuschütteln, und sagte, ich hätte bewiesen, dass ich einen guten Charakter habe. Ein letztes Bier. Einen Moment lang habe er sich gefragt, ob ich eine Art Hexe sei. Aber dann sei es ihm doch unwahrscheinlich vorgekommen. Er habe sich nämlich erst vor zwei Jahren gegen Hexen immun machen lassen. Er sei darauf gekommen, weil sich seine Frau so seltsam verhalten habe. Plötzlich sei sie zu dick für ihre Bundhosen gewesen. Er habe sich nach einem Hexenaustreiber umgehört. Den habe er dann bestellt und beauftragt, die ganze Gemeinde zu säubern, um keine besondere Aufmerksamkeit auf seine Frau zu lenken. Der Hexendoktor sei ein echter Fachmann gewesen. Der habe den Hexenbefall bei ihr sofort bemerkt und ihr eine besonders gründliche Reinigung angedeihen lassen und sie gegen eine erneute Ansteckung immun gemacht. Aber vielleicht müsse man so eine Säuberung ja alle paar Jahre wiederholen?

Dann bekam er wieder Gewissensbisse und fragte: »Bist du verheiratet?« Worauf ich antwortete: »Was hat denn das damit zu tun?« Er ließ es dabei und erbot sich, mir den Rest von Alaska zu zeigen.

Er hatte einen olivgrauen Jeep Wrangler mit sieben Schlitzen im Kühler, Sechszylindermotor mit 202 PS und einem Sechsgang-Schaltgetriebe. Putzig. Er war auch ein guter Fahrer, trat nicht viel auf die Bremse, sondern wusste, wann er den Fuß vom Gas nehmen musste. Während wir fuhren, zeigte er mir die Landschaft (überall Berge) und prahlte mit der Pipeline, die von der Nordkante Alaskas bis nach Valdez im Süden führte. Über 20000 Männer hätten gleichzeitig daran gebaut, mehr als bei der Errichtung der Pyramiden, und auch die Zahl der Toten sei so hoch gewesen wie damals. Er beschrieb, wie die Pipeline in der Mitternachtssonne silbern schimmerte, eine dicke Schlange mit einem Durchmesser von ein Meter zwanzig und achthundert Meilen lang, wobei sie achtzig Gewässer auf speziellen Brücken über- oder in einer speziell gekühlten Ummantelung unterquerte. Er hielt an.

»Jetzt zeige ich dir mal was«, sagte er, nahm aus dem Handschuhfach einen großen, grauen Revolver und schob ihn sich hinter den Gürtel. Ich verstehe nichts von Schusswaffen, machte mich aber darauf gefasst, bald etwas darüber zu erfahren. Er bemerkte meinen forschenden Blick.

»Das ist eine Versicherung gegen Bären«, erklärte er. »Obwohl – die beste Versicherung besteht immer noch darin, dass man einen Kumpel mitnimmt, der nicht so schnell laufen kann wie man selbst. Du zum Beispiel, im Vergleich zu mir. Steig aus. Bei deinem Kleid würde es sowieso jeder Bär mit der Angst bekommen.«

Wir taten unser Bestes, die unnatürliche Stille zu stören, während er mich zu dem breiten, flachen Ufer eines Flusses hinunterführte. Es erforderte einige Geschicklichkeit, um auf hohen Absätzen durch das Gelände zu balancieren, aber er achtete nicht auf meine Füße, nur auf mein Gesicht, und wartete darauf, dass ich mich endlich in der Landschaft umsah. Als ich nicht reagierte, deutete er auf einen Braunbären, der am Ufer lag, auf die Seite gewälzt. Den Kopf hatte er vom Ufer weggedreht, aber die Füße baumelten im Wasser, als wollte er sie kühlen. Das eiskalte Wasser konnte nicht sehr angenehm sein.

»Ein Mordskerl war das!«, sagte Mr. Alaska. »Der Pelz so

dick, dass ich ihn gar nicht abhäuten konnte! Also hab ich ihn hier liegen lassen müssen.«

Furchtlos ging er hinüber und setzte dem Bären einen Wanderschuh auf die Stirn. Die Augen des Bären standen offen, funkelten aber nicht. Lebensgeister schienen keine mehr in ihm zu hausen, jedenfalls keine zornigen. Er sah einfach aus wie ein sehr großes Stofftier. Auf der Brust und am Bauch, wo die Kugeln eingedrungen waren, hatte sich an mehreren Stellen schwarzer Schorf gebildet. Der Geruch von nassem Pelz und Verwesung vermischte sich mit einem anderen, in dem ich plötzlich Mr. Alaskas Deodorant erkannte.

»Er ist auf mich losgegangen«, sagte Mr. Alaska. »Kam einfach hinter mir her. Ich hatte ein paar tote Fische dabei. Als er das Gewehr roch, machte er kehrt und rannte davon. Aber meine Kugeln waren schneller.«

»In Bärenjahren ist er wahrscheinlich so alt gewesen wie du«, sagte ich.

»Ja, wahrscheinlich«, spottete Mr. Alaska. »Da staunst du, was? Sieh mal, der Abstand zwischen diesen Ohren! Das war in jeder Beziehung ein sehr imposanter Bär.« Und als wir zu seinem Jeep zurückgingen, sagte er: »Wir sind hier in der Wildnis. Hier sind die Leute noch echt.«

Er erzählte mir von seiner Freiheitlichen Partei für Alaska. Jeden Abend beteten sie, Alaska möge sich von den »Unteren Achtundvierzig«, den übrigen Bundesstaaten auf dem Kontinent, endlich unabhängig machen und seine Ressourcen selbst entwickeln. Um die alte Pipeline zu bauen, hatten sie in Washington sage und schreibe 515 verschiedene Genehmigungen einholen müssen, und dann, weil das Öl in der Pipeline so schön heiß war, hatten sie auch noch ihren Permafrost mit einer teuren Isolation vor dem Auftauen »schützen« müssen. Dabei ging es doch um den Permafrost von Alaska und nicht den von Amerika, und wenn es den Bewohnern von Alaska egal oder sogar lieb ist – was hatte sich die Bundesregierung da einzumischen?! Gerade jetzt wollten wieder ein paar von diesen Washingtoner Sesselfurzern die neuen Bohrungen oben im Norden nicht genehmigen – wegen der Eisbären! Unglaublich! Es würde die Eisbären stören! Denen in Washington waren Eisbären wichtiger als Menschen. Eisbären sind grau wie Stadtschnee, und bösartig sind sie außerdem. Also weg damit! Wenn es nach ihm ginge, würde das selbständige Alaska ein zweites Saudi-Arabien – alle schwämmen im Geld, und keiner würde sich mehr über die zusätzlichen Portokosten nach Alaska aufregen, wenn man was bei eBay kauft.

Daheim

Wir seien nur einen Katzensprung von seinem Haus entfernt, sagte er. Er wolle kurz nach den Kindern sehen, denn seine Frau sei beruflich unterwegs. »Jetzt zeige ich dir mal das richtige Alaska.«

Ich konnte die Landschaft bewundern – Großmärkte, Tankstellen, Waffengeschäfte, Alkoholläden und im Hintergrund die immergleichen Wolkenkratzerberge. Wir erreichten eine Bruchbude, an der ein Schild mit der Aufschrift »Rathaus« prangte, bogen nach rechts zu einem See ab und kamen schließlich zu einem großen, aber schlichten Holzhaus. Wie Müll im Gelände verstreut, standen überall Pick-ups und kleinere Wagen herum. Ein ansehnliches Wasserflugzeug schaukelte am Ende eines Piers. Schon von weitem sah ich Ärger. Er saß auf den Stufen vor dem Haus.

Ein Mädchen lümmelte dort mit einem großen Jungen herum, der nicht ganz nüchtern zu sein schien.

»Meine Tochter!«, fluchte Mr. Alaska.

Während wir noch auf das Haus zugingen, fing er schon an zu brüllen, sie solle ins Haus gehen, und sie fauchte zurück, er habe ihr keine Vorschriften zu machen. Es folgte ein Gedränge wie beim Football, wo Leiber zuerst aufeinanderprallen und dann plötzlich auseinanderstieben. Ich sah, wie das Mädchen ins Haus stürmte und der Junge zu einem der Pick-ups rannte. Mr. Alaska folgte ihr nach drinnen, wo das Geschrei weiterging.

Plötzlich brach ein anderer Lärm los, als hätte jemand eine wirklich laute Anlage eingeschaltet. Ein bohrendes, schmerzhaftes Schrillen, das jedem in der Nähe befindlichen Menschenwesen durch Mark und Bein ging, das sich über den See und die Felder ausbreitete, das Wild auf seinen Wegen ängstlich aufhorchen und die Berge erzittern ließ. Noch bevor ich mir die Ohren zuhalten konnte, beugte sich Mr. Alaska oben aus dem Fenster und rief mir zu: »Verdammt, komm rauf und nimm das Baby!«

Natur

Für gewisse Grenzen in unserem Leben ist eindeutig die Natur zuständig. Manche meinen, diese Grenzen ließen sich erweitern, wenn man die eigenen Gene wie einen Staffelstab des Narzissmus an eine andere Generation weitergibt. Über Eltern habe ich mir nie viele Gedanken gemacht, und erst in diesem Augenblick, gepeinigt von dem höllischen Gekreisch, stellte ich mir die Frage, warum Mr. Alaska die

Mühe, Kinder hervorzubringen, überhaupt auf sich genommen hatte. Mir fiel ein, dass er vielleicht zu den simplen Eltern gehörte – zu denen, die schlicht nicht wissen, dass es auch anders geht. Oder er gehörte zur Kategorie der müßigen Eltern, die nichts Besseres zu tun haben und dies damit verschleiern, dass sie Eltern werden, und wenigstens auf den ersten Blick etwas zu tun bekommen. Solche Gedanken gingen mir durch den Kopf, während ich, Mr. Alaskas Befehl folgend, sein Haus betrat und die Treppe hinaufstieg, immer dem Getöse nach, um ihm ein Ende zu bereiten.

Mir sind auch schon neugierige Eltern begegnet, die herausfinden wollen, wie es ist, ein Kind zu haben und es großzuziehen; und lügende Eltern, die eigentlich nur selbst noch mal Kinder sein möchten und Kinder bekommen, um einen Grund zu haben, wieder mit Spielzeug zu spielen; oder aufgeblasene Eltern, die es kränken würde, etwas nicht zu haben, was alle anderen haben. Und da genügen dann ein Auto und eine Eigentumswohnung, wie sie jeder hat, eben nicht. In diesem Zusammenhang muss ich meine Freundin erwähnen, die Gräfin M***. Sie jammert oft, dass sie es im Leben nicht weit gebracht habe. Nur ein Kind habe sie in die Welt gesetzt, ihre Schwester dagegen schon vier. Aber diese Schwester ist Hausfrau, während sich die Gräfin als Galeristin um das Wohlbefinden einer riesigen Zahl von Menschen kümmert, die sich sonst schrecklich langweilen würden. Dennoch bleibt sie dabei: Sie fühle sich unterlegen, und nicht mal mein Hinweis auf ihre türkische Putzfrau, die es mit zehn Kindern viel weiter gebracht hat als ihre Schwester, kann sie trösten.

Bis ich oben war, hatte ich meine Liste noch um ein paar Kategorien erweitert: die eitlen Eltern, die meinen, sie müssten das Universum mit Abbildern ihrer selbst beglücken (und entsetzlich darunter leiden, wenn sie feststellen, dass ihre Kinder keine genauen Nachbildungen sind); die schwarzgalligen Eltern, für die das Kinderkriegen ein entschieden aggressiver Akt ist, nachdem sie nicht standesgemäß geheiratet haben; die Eltern aus Notwendigkeit, die ihre Kinder brauchen, weil sie ihren eigenen Eltern zu Gefallen sein wollen; die verbrecherischen Eltern, die nur danach fragen, was sie von ihren Kindern nehmen können; die unschuldigen Eltern, die gern Menschen um sich haben und selbst für nette Gesellschaft sorgen, indem sie Kinder bekommen; die empfindsamen Eltern, zu denen auch meine gehören, deren Gefühle durch hilflose Wesen aller Art erregt werden.

Ich selbst gehöre keiner dieser Kategorien an. Ich habe schon früh im Leben gemerkt, dass ich keine Kinder will, und habe dies auch nicht eine Minute bereut. Schwangere Frauen haben geglaubt, ich würde sie beneiden, wenn sie durch die Gegend watscheln, die Bäuche gespannt bis zur unausweichlichen Explosion. Eitelkeit macht sie blind für das Debakel, in diesem Zustand nicht mal einen Frosch verführen zu können. Kurzum, die meisten Kinder, die ich kenne, haben, wenn sie aus dem Gröbsten heraus sind, ihren Eltern nichts als Kummer und Ärger bereitet. Das Argument, erwachsene Kinder würden gute Freunde, überzeugt mich auch nicht. Warum erspart man sich nicht das ganze Tamtam und sucht sich gleich gute Freunde?

Oben angekommen und inzwischen fast taub, ließ ich mich von meiner Nase leiten, trat über die Schwelle eines spärlich erhellten Kinderzimmers und geriet in den Gestank von Milch, Plastik und Windeln. In einem Gitterbett produzierte ein winziges, blau-weiß gekleidetes Geschöpf die nervtötenden Dezibel – das Gesicht knallrot vor Anstrengung. Mein einziger Gedanke war in diesem Augenblick, dass ich diesem Lärm ein Ende machen musste, egal wie. Ich hätte ein Kissen auf die Stelle drücken können, wo er herkam. Stattdessen beugte ich mich herunter, schob meine Hände um das Paket und nahm es hoch. Stille breitete sich aus. Ich hielt es in den Armen, in die es gut passte, und betrachtete es. Das Gesicht war seltsam, sehr rund und mit Schlitzaugen, wie ein kleiner Eskimo. Ich wiegte es ein bisschen, und es schien zufrieden zu sein. Auch die Schlachtrufe im Zimmer nebenan waren verstummt, stattdessen hörte man jetzt Schluchzen.

Ich wagte es nicht, mich zu bewegen. Ganz langsam ließ ich mich in einen Sessel sinken. Ich fühlte mich fehl am Platze, eine Fremde. Ich wusste nicht, wie ich mich verhalten sollte. Ich getraute mich nicht, das Baby anzusehen. Nach einer Weile begann ich, mich zu langweilen, und riskierte nun doch einen Blick. Die Wange des Babys hatte eine seltsame Oberfläche und sah sehr weich aus. Ich konnte nicht widerstehen – ich musste sie berühren. Ein Fehler. Sofort wandte sich das Gesicht meiner Hand zu. Der Mund erwischte das Gelenk meines Ringfingers und begann, daran zu saugen. Er saugte so stark, dass Ivans Ring ins Rutschen kam und sich auf die Lippen zubewegte. Ich zuckte zurück. Das Baby zog die Beine an den Bauch, spannte den Rücken und sperrte den Mund auf, um zu schreien. Erschrocken streifte ich Ivans Ring ab, legte ihn irgendwohin und schob mein Fingergelenk wieder in den winzigen Mund. Er saugte mit aller Kraft. Ich habe Verständnis für fremde Sitten, deshalb ließ ich es geschehen, und nach einiger Zeit gab das Baby den Finger frei und schlief wieder ein. Die Sonne war schließlich doch noch untergegangen. Der Himmel zeigte sich in einem hübschen Grau, ungefähr wie die ersten Abgaswolken, wenn man den Zündschlüssel dreht. Ich hielt das warme Wesen in den Armen und hoffte, meine Hände würden es weder zerbrechen noch wecken.

»Meine Tochter ist schon zwölf, aber um ihren kleinen Bruder kümmert sie sich eigentlich nicht. Willst du hier als Babysitter anfangen?«, fragte Mr. Alaska. »Du bist gar nicht schlecht.«

Das Bündel auf meinem Schoß war ein bisschen feucht geworden, nein, schlimmer, irgendetwas hatte mein neues Kleid durchnässt. Mr. Alaska pflückte mir das Baby aus den Armen, worauf es wieder anfing zu wimmern. Er legte es auf einen Tisch und schälte es aus seinen Sachen. Die Windel war eine große, schlammgetränkte Bandage. Aber das Kind schämte sich kein bisschen dafür, es freute sich anscheinend, dass es nun geputzt und gepudert wurde, und kaum lag es in seinem Bettchen, da schlief es wieder ein.

Ich hatte genug von Mr. Alaskas Problemen und hoffte, er werde mich zu meinem Hotel zurückfahren. Ohne auf den Pinkerton-Mann einzugehen, der meinetwegen im Gefängnis gelandet war, sagte ich ihm, ich sei genauso gewesen wie seine Tochter, als ich in ihrem Alter war. Auch aus ihr würde mal ein sehr anständiges Mädchen werden, und der Freund erinnere sie bestimmt an ihren Vater. Das gefiel ihm. Der Junge sei ein richtig guter Hockeyspieler, sagte er, habe die Highschool abgebrochen, nenne sich selbst voller Stolz einen Red Neck. Der werde es weit bringen.

Er fuhr mich zum Hotel und sagte: »Tut mir leid – was da im ›Tatze und Geweih‹ passiert ist. Es war ein Fehler. Ich bin ein glücklich verheirateter Mann.« Und dann fügte er in vorwurfsvollem Ton hinzu: »Aber du musst auch vorsichtiger sein. Alaska hat die höchste Vergewaltigungsrate in den Vereinigten Staaten, fast dreimal so hoch wie der nationale Durchschnitt, und Anchorage hat die höchste Rate von ganz Alaska, knapp sechsmal so hoch wie der nationale Durchschnitt!«

Ich sagte: »Vergiss es. Wir hatten einen netten Abend, und das war's.«

Er sah mich erleichtert an, und wir verabschiedeten uns voneinander. Ich überlegte, ob ich beim Frühstück davon berichten sollte, kam aber zu dem Ergebnis, dass es den Berater wahrscheinlich abstoßen und außerdem von der Erfüllung seiner Aufgaben ablenken würde. Ein paar Stunden noch – und ich würde auf dem Weg zu Ivan sein.

Frühstück

Pünktlich zur verabredeten Uhrzeit traf ich mich mit meinem Berater zu einem frühen Stück Brot am Buffet. Wir füllten uns die Teller und führten das Morgengespräch zweier alter Freunde, die sich beeinander erkundigen, wie sie geschlafen haben. Ich stellte ihn mir vor, wie er zu Hause in einem Baumwollpyjama im Bett lag und laut schnarchte, und noch bevor er es mir sagte, wusste ich, dass er immer gut schlief. Und dann sagte ich ihm, dass auch ich immer gut schlief. Er meinte, das liege daran, dass wir beide ein reines Gewissen hätten, und ich stimmte ihm zu. Ich hätte ein blütenreines Gewissen. Daraufhin begann er sich plötzlich für mich zu interessieren, aber in einer Weise, die mir vollkommen abwegig erschien – er wollte wissen, wo ich geboren sei und wo meine Familie herstammte. Ich brach das sofort ab, indem ich ihm erklärte, Verwandte seien meiner Ansicht nach eine Landplage, vor allem Eltern. Mit Haustieren sei viel leichter auszukommen.

Ich erzählte ihm von meinem Hund Ivanhoe, von seiner noblen Art, seinem Temperament, seiner Schönheit, seiner Ergebenheit. Wie sein Kopf mit dem schmalen, spitzen Schädel neben mir auf dem Kissen liegt, wie er einen ganzen Briekäse verschlingt, der für eine Party mit hundert Leuten gedacht war, wie er vor Freude quietscht, sobald er mich erblickt – könne man denn jemanden mehr lieben? Mein Ratgeber stimmte heftig zu. Sein Hund hatte mit vierzehn Jahren Krebs bekommen. Der gutsituierte Ratgeber hatte seine Verbindungen spielen lassen, hatte im Walter Reed Hospital angerufen, wo die Spitzen des Staates behandelt werden, und für seinen »Angehörigen« die bestmögliche Krebsbehandlung erbeten. Sie hatte ihn vierzigtausend Dollar gekostet, aber der Hund war gestorben. Der bloße Gedanke daran stürzte ihn nun wieder in tiefe Melancholie.

Zur Aufmunterung erzählte ich ihm von dem toten Bären, den ich gesehen hätte und der, nach seinen vielen Schusswunden zu urteilen, eine Menge feindliches Feuer ausgehalten haben musste, ehe er zusammenbrach, und dann habe man ihn wie ein Stück verwitternde Landschaft einfach am Flussufer liegen lassen. Mein Ratgeber wurde richtig wütend darüber. In Alaska würden die Leute auch Wölfe jagen. Die Gouverneurin selbst mache sich einen Spaß daraus. Sie jage wie ein Gott vom Himmel herab, stoße in einem kleinen Flugzeug auf die Wölfe herunter. Sie hätten keine faire Chance.

Er schüttelte sich und sagte, er wolle sich nun ganz auf das Alaska-Öl konzentrieren. Jedenfalls sei Bush zu seinem Hund sehr nett gewesen. Er interessiere sich zwar für nichts, aber er habe es verstanden, die richtigen Leute zu berufen. Bush habe einen Abschluss in Yale gemacht. Der Mann der Gouverneurin hier habe nicht mal das College abgeschlossen. Er regiere den Staat zusammen mit seiner Frau. Sie treffe keine Entscheidung ohne seine Zustimmung. Als sie wussten, dass sie ein geistig behindertes Kind erwarteten, hätten die beiden kräftig moralisches Kapital daraus geschlagen.

»Abartig«, sagte er.

Plötzlich hatte ich das Gefühl, dieser heiße, feuchte kleine Körper liege wieder in meinen Armen. Etwas wie Rührung überkam mich, aber in diese Rührung ergoss sich plötzlich eine schreckliche Erkenntnis – ich hatte Ivans Ring im Kinderzimmer liegen lassen.

Mein Berater sah mich an. Er ahnte nicht, welche Stürme in diesem Augenblick durch mein Herz tobten. Er fragte mich: »Hättest du Interesse, dich um ein politisches Amt zu bewerben? Hast du schon mal darüber nachgedacht, was du tätest, wenn du Macht hättest und das Land regieren müsstest?«

Ratschlag

Ich dachte an Ronnys Wut auf die Israelis, an die Männer, die Mini-Liebespuppen kauften, an die Schwulen, die sich über ihre brutale Diskriminierung beklagten, an die Trailer-Intellektuellen auf Sozialhilfe, an Frankies Ehemann, der keine Alimente zahlte, an die Wahlhelferin Lovee, die ihren Erlöser suchte, an den Jammer des verwaisten Ehemanns und an den Kummer des Bärentöters, dem es verboten war, weiße Bären zu schießen. All die Wünsche und

Probleme, die an mich herangetragen werden würden, wenn ich Macht hätte, machten mich schwindelig.

»Ganz einfach. Ich würde dafür sorgen, dass ich nicht alt werde.«

Mein Berater warf mir einen verschwörerischen Blick zu: »Kannst du nicht mal von dir selbst absehen? Stell dir vor, du weißt gar nicht, was in deinem Interesse ist, weil du nicht weißt, wer du bist. Du weißt nicht, ob du Mann oder Frau bist. Du weißt nicht, wie alt du bist, du könntest zehn oder hundert Jahre alt sein. Du weißt nicht, wo du herkommst, wer deine Eltern sind und welche Hautfarbe du hast. Du kennst deine Kräfte und Fähigkeiten nicht. Du kennst dich selbst nicht. Jetzt beantworte mir die Frage noch mal: Was will so jemand vom Staat?«

Und als ich schwieg, schlug er vor: »Zum Beispiel Geld? Alle sollen über gleich viel Geld verfügen, egal, was sie machen?«

Aber ich war paralysiert von der Vorstellung, nicht mehr Clarissa zu sein. Mein Puls schlug wie eine Totenglocke, keine Geschwindigkeitsüberschreitung, kein Schleudern haarscharf am Abhang hatte meinem Herzen je so zugesetzt wie die Vorstellung, lediglich ein Hirngespinst meiner selbst zu sein. Ebenso gut eine andere sein zu können. Ich ächzte.

»Harold«, gab ich zurück. »Ich habe viel größere Probleme als jemand, der ein Land regieren soll. Und du hast versprochen, mich zu beraten.«

Dann erzählte ich ihm, wie Ivan mein größtes Talent ruiniert hatte – das Talent, mich beim geringsten Anlass zu verlieben. Also, was tun?

Er sah mich entgeistert an.

»Ich habe im Leben eine Menge Fehler gemacht – aber diesen nie. Ich habe mich nie in ein jüdisches Mädchen verliebt.« Er kam mir vor wie ausgebremst. »Ich kann dir wirklich keinen Rat geben. Tut mir leid. Deinen Problemen ist mit Ratschlägen nicht beizukommen. Du musst das alles selbst noch mal durchdenken. Ach, und übrigens – ich verstehe nicht, warum du deine Eltern nicht mehr besucht hast. Sei froh, dass du welche hast.«

Alaska

Trotz der Abfuhr, die er mir erteilt hatte, war Harold einer der nettesten Männer, die mir je begegnet sind. Er hatte noch zwei Tage in Alaska zu tun und lud mich ein, ihn zu seinen High-Society-Essen zu begleiten. Er stellte mich den Ölmanagern vor und auch dem Pressezaren, den ich schon kennengelernt hatte und der galanterweise so tat, als hätte er mich noch nie gesehen, und schließlich einem Banker, der eine gewisse Ähnlichkeit mit Betty, der Kosmetikerin in Asheville, hatte – jung, blond, feminin, und bei einem Mittagessen erschreckte er alle mit der Warnung vor einem kurz bevorstehenden Börsenkrach, woraufhin alle anderen der Reihe nach so taten, als müssten sie dringend den *Restroom* aufsuchen. Aber ich sah, wie sie schon ihre Handys in den zitternden Händen hielten, und bekam ein paar von den Gesprächen mit, die sie draußen vor dem Saal mit ihren Brokern führten. Leichtfüßig kehrten sie danach an den Tisch zurück, offenbar in der sicheren Gewissheit, dass der Wahrsager ein Schwindler sei.

All diese Herren machten mir viele Komplimente, und sie machten auch Harold meinetwegen Komplimente. Harold hingegen war bedrückt. Ich habe vielleicht kein besonderes Gespür für die Gefühle anderer Menschen, aber den langen, hässlichen Splitter des Zorns konnte ich erkennen, der tief in seiner Jovialität steckte. Eines Abends, während alle anderen zusahen, zog er mich zu sich herüber und flüsterte mir etwas ins Ohr, aber ich wusste schon, dass bei Harold mit Süßholzraspeln nicht zu rechnen war. Stattdessen sagte er: »Ich wünsche mir, dass Obama die Nominierung gewinnt und auch die Wahl. Ich glaube fest daran: Es gibt noch ehrenwerte Männer, und er ist einer von ihnen. Vielleicht bittet er mich ja, ihn zu beraten. Meine Unterstützung für den anderen Kandidaten ist reine Formsache. Also gib nichts auf das, was ich öffentlich tue und sage. Privat sterbe ich fast vor Abscheu und vor Hoffnung.«

Ich hatte Ivan noch immer nicht geantwortet. Harold konnte ich bei seinem Problem ebenso wenig helfen wie er mir bei meinem. Wir verabschiedeten uns mit vielen Dankeschön. Ich packte meinen Koffer. Noch einige E-Mails. Auch an Hans. Ich schrieb ihm, ich hätte eine wunderbare Zeit in New York, hätte ein paar große Männer kennengelernt, und schloss mit lieben Grüßen.

Hans jedoch schrieb nicht zurück. Eine Stunde vertröpfelte, und noch immer kein Wort von ihm. Und als ich schließlich, weil ich mir keinen Reim darauf machen konnte, mein Computertelefon anwarf und in seinem Büro anrief, wirkte die Sekretärin ganz bestürzt und geradezu verlegen, während sie mir erklärte, Hans sei die letzten beiden Tage nicht in der Praxis gewesen, habe ihr nur eine Nachricht hinterlassen, er sei nach Paris gefahren.

Da wusste ich plötzlich und war mir ganz sicher, dass das Unvorstellbare doch eingetreten war – Hans hatte eine Frau gefunden, die besser war als ich. Es musste sie geben, ohne Zweifel. Und ich fand, so war es am besten. Ich war es leid, mich seinetwegen zu grämen. Ich liebte ihn und hatte oft gedacht, ich könnte für ihn eine Frau entwerfen, die eher imstande war als ich, ihn glücklich zu machen. Eine Galeristin. Vielleicht sogar meine Gräfin M***! Sie wünschte sich Kinder, und die Liebe zwischen einem Hand-Model und einem Handchirurgen hatte karmische Richtigkeit. Sie würden zusammen in Museen gehen können. Sie würde in seinen Armen einschlafen, eine Sitte, der ich nichts abgewinnen kann. Es würde mir Spaß machen zu lernen, selbständig zu leben, die Miete zu überweisen und meine Rechnungen selbst zu bezahlen. Ich würde mir eine Stelle suchen, um über die Runden zu kommen. Und es würde Spaß machen, nach einem Ersatz für Hans Ausschau zu halten. Wenige Minuten später kam eine E-Mail von ihm. Er liebe mich, schrieb er. Darüber, warum ich Europa verlassen hatte, kein Wort – auch nicht über die Kreditkartenabrechnungen, die inzwischen bei ihm eintrudeln mussten. Er schrieb, er müsse in Paris an einer lästigen Konferenz teilnehmen. Er hätte sie ganz vergessen gehabt und sei überhaupt nicht gern in Paris ohne mich. Ich atmete tief durch vor Erleichterung.

Marius

Kurz danach nahm ich den Nachtflug nach Osten und kam frühmorgens in New York an, während die Stadt noch ein Lichtbad in Rosa nahm. Es war Frühling. Ich hatte mich noch immer nicht bei Ivan gemeldet. Ich war mit dem Taxi in die Stadt zu Ivans Hotel gefahren, aber statt hineinzugehen, hatte ich kehrtgemacht. In all meinen Vorahnungen hatte ich mich nie mit Ivan in New York gesehen. Ich schlenderte umher. Ich studierte den Bürgersteig in seinen Einzelheiten – jede der breiten Platten für sich war ein einzigartiges Kunstwerk. O Hans, wozu braucht der Mensch Galerien? Der Himmel war wolkenlos. Die Sonne, noch in Höhe der ersten Stockwerke, aber im Steigen begriffen, schoss ihre Lichtsalven in die Querstraßen. Die Fenster der Stadt fingen Feuer. Ivan hatte sich in einem prächtigen Viertel einquartiert, wo ich nie gewesen war, und es zog mich nach Norden und Westen, wo ich hingehörte. Mein weißes Kleid nahm, passend zum Hintergrund, einen grauen Ton an. Ich fühlte mich wie eine Taube, die allein und im Frieden mit der Stadt ihres Weges trippelt. Bei kleinen Lebensmittelläden schleppten Männer die gebündelten Morgenzeitungen nach draußen. Jedes Mal wenn ein Packen auf einem anderen landete, gab es einen dumpfen Donnerschlag. Die Männer kappten die Bänder, von denen die Bündel zusammengehalten wurden, ohne auf die Schlagzeilen über den Wirbelsturm »Nargis« zu achten, der im Wonnemonat Mai das Irawadi-Delta und Rangun verwüstet, 106000 Menschen umgebracht und eine weitere Million obdachlos gemacht hatte. Ich sah Kaffee dampfen. Er würde dünn sein. Er würde in unangenehmen Styroporbechern serviert werden. Ich musste weit laufen, bis ich ein Café im europäischen Stil fand, das schon geöffnet hatte.

Dort bestellte ich einen doppelten Espresso. Wenn die Maschine hielt, was sie versprach, würde es mein erster richtiger Kaffee seit langem werden.

Aber der Mann hinter der Theke machte keinen kompetenten Eindruck. Er war jung, und Jugend ist nicht das, was guten Kaffee verheißt. Eine sichere Hand hatte er auch nicht. Er schien sich vor der Milch zu fürchten. Ich bekam einen Anfall von heftiger Ungeduld und fragte, ob ich ihm zeigen solle, wie man Espresso macht. Befremdet wandte er sich an mich: »Ich brauche deine Hilfe nicht. Kümmer dich um deinen eigenen Kram, blöde Kuh.«

Seine Unhöflichkeit machte mich neugierig. Ich entschuldigte mich und schaute weg, um ihn nicht weiter nervös zu machen, und hörte nun allerlei Klopfen und Rütteln und das Röcheln des Milchschäumers. Milch hatte ich nicht bestellt und blickte besorgt in seine Richtung, aber da kam er schon auf mich zu, mit einem Espresso, der aussah wie frisches Öl aus Alaska-Pipelines – genau, wie er sein soll. Vorsichtig setzte er ihn vor mir ab. Ich bedankte mich und fragte ihn: »Wie sind Sie an diesen Job gekommen?«

»Job? Das hier ist kein Job. Das ist eine Berufung«, sagte er. »Ich wollte schon immer in einer Bäckerei arbeiten. Was soll ich auch anderes machen?« Sein Unterkiefer stand zu weit vor, und gerade hielt er sich auch nicht. Irgendetwas stimmte nicht mit ihm.

»Eine Berufung – da haben Sie Glück«, sagte ich. »Es gibt nichts Besseres.« Ich meinte es ernst und bedauerte, dass ich meine verloren hatte.

Er sagte: »Sie sehen traurig aus. Aber woher soll ich wissen, warum? Soll ich Ihnen was zeigen? Das wird Sie aufheitern! Ich heiße Marius. Und Sie? Clarissa? Ein hässlicher Name, oder? Wollten dich deine Eltern damit bestrafen? Bist du deswegen traurig? Ich hab was, das wird dich aufheitern. Ich habe es noch nie jemandem gezeigt. Aber dir zeige ich es. Das habe ich gerade beschlossen. Ist jetzt ja auch noch niemand sonst hier. Eigentlich hat der Laden nämlich noch zu. Du bist zu früh gekommen, aber wegschicken wollte ich dich nicht noch mal. Du bist hübsch.« Er war nicht ganz fest auf den Beinen, als er an mir vorüberging und die Eingangstür zudrückte. Er schloss sie ab und drehte das handgeschriebene »Open«-Schild zurück auf »Closed«. Dann humpelte er wieder an mir vorbei und holte einen riesigen Ghettoblaster aus dem Regal hinter sich. Er stellte ihn auf die Theke, zögerte und sagte mehrmals, als wollte er sich selbst gut zureden: »Ist schon okay. Du wirst sie nie wiedersehen. Und sie ist nett.«

Dann drückte er die Einschalttaste.

Ich war drauf und dran, mir die Ohren zuzuhalten, außer es wäre Radiohead. Aber dann war es eine andere Überraschung. Ein Klavierkonzert von Bach. Ich kannte es, seit ich mal einen kurzen Monat lang einen Dirigenten glücklich gemacht hatte.

Auch klassische Musik kann taub machen. Ich habe mal nach Informationen über Lärmbelastung im Berufsalltag gegoogelt, und da stellte sich raus, dass Orchestermusiker genauso schlimm dran sind wie Sprengmeister und Feuerwerker, bloß dass sie für den unvermeidlichen Verlust ihres Gehörs keine Entschädigung bekommen. Marius liebte es laut. Seinen Gast hatte er anscheinend vergessen. Sein schlanker Körper schien erstarrt, als der erste Ton erklang, doch plötzlich schoss er hoch und wieder nach unten. Er begann zu levitieren. Er hüpfte auf und ab, erreichte dabei eine ziemliche Höhe, und nach einer Weile hob er ab und segelte die Theke entlang. Dabei schlug er sich mit den langen Händen auf die Brust wie auf eine Trommel. Ein Ausdruck von Spannung lag auf seinem Gesicht, als konzentriere er sich darauf, das Rätsel des Universums zu lösen.

Nach ein paar Takten stimmte ich auf der anderen Seite der Theke mit ein. Auch ich hüpfte auf und ab, auch ich reiste die Theke entlang durch das ganze Café, trommelte mir auf die Brust und fand es ungeheuer erhebend. Ich hörte, wie er entzückt rief: »Ja! Ja!«

Als der erste Satz plötzlich zu Ende war, stürzte er zu seinem Apparat hinüber und schaltete ihn ab. Ich stand keuchend da. Ich hatte nicht damit gerechnet, dass es so schnell vorbei sein würde. Er atmete ruhig, war offenbar daran gewöhnt. Er blickte mich an, und was er sah, schien ihm zu gefallen.

»Jetzt hast du bessere Laune«, sagte er. »Ich hatte Angst, du würdest mich auslachen. Aber ich habe dir doch angesehen, dass du es nicht tun würdest.«

Er bot mir noch einen Espresso auf Kosten des Hauses an. Und dann redete er drauflos. Sein Vater sei ein berühmter Musiker und seine Mutter eine berühmte Malerin, das sei fast das Gleiche. Er komme von weit her, aus Florida, aus einer Stadt namens E***, an die ich mich erinnerte: Jake, die Fahrt im Pick-up, die Kirche im Trailer. Marius sagte, er habe keine Geschwister. Sein jüngerer Bruder sei vor der Geburt gestorben, aber er habe sowieso keinen Bruder gewollt, weil dieser Bruder wahrscheinlich ein richtiger Junge gewesen wäre. Also war er – genau wie ich! – ein Einzelkind. Er glaube nicht, dass er je eine Frau haben werde.

»Mich will doch keine«, sagte er mit einem schiefen Lachen. »Frauen sehen mich gar nicht als Mann. Ich werde nie ein Mädchen küssen.«

Ich betrachtete ihn genauer. Er hatte hübsche Augen, kräftige weiße Zähne, sein Haar wirkte warm und weich, es hatte nichts Besonderes, es war einfach braun, strahlte aber eine Art Durchsetzungskraft aus, genau wie seine Augen, obwohl sie auch Verletztheit spiegelten. Aber die Hände waren sensationell. Schwere Arbeit hatten sie nie verrichtet, immer nur mit Plätzchenteig hantiert oder Knöpfe an Küchenmaschinen gedrückt. Weiß waren sie und elastisch. Er hatte die schlanke, schlacksige Statur, die ich so mag. Also sagte ich: »Ich will dir auch was schenken. Aber nicht hier. Es soll niemand anders sehen. Sonst würden sie nur neidisch. Wo wohnst du denn?«

Er zeigte mir den Weg, eine Holztreppe hoch, drehte sich immer wieder um und vergewisserte sich, dass ich ihm auch wirklich folgte. Dabei murmelte er vor sich hin: »Sie schenkt mir was.« Mit festem Griff hielt er das Geländer gepackt, während er ging – stand aber nicht ganz fest auf den Füßen. Von einem kahlen Flur gingen ein paar graue Türen ab. Hinter einer von ihnen lag sein Reich, ein Einzelbett mit einer hellgelben Tagesdecke, die das Zimmer erleuchtete, ein Fenster, das auf einen dunklen Innenhof ging, ein klappriger Tisch, ein paar Regalbretter mit ein paar Büchern, darunter auch die »Hardy Boys«, und eine große Sammlung von Aufnahmen klassischer Musik. Nachdem er die Tür hinter uns geschlossen hatte, führte ich ihn zu dem Bett und besorgte das Ausziehen für ihn – er war starr vor Bestürzung, und ich möchte wetten, dass er auch kein großer Meister im Auf- und Zuknöpfen war, denn alles, was er anhatte, war mit Klettverschlüssen versehen. Aber schließlich stammelte er halb empört, halb glücklich: »Was machst du denn da?« Ich sagte nichts, sondern zog nun auch mich aus, und dann machte ich ihm das schönste Geschenk, das er je bekommen hatte.

Er nahm es mit Freude. Er errötete vor Vergnügen, genau wie ich. Niemand hat mich je so sehr geliebt, nicht mal Hans.

So würde er auch eine andere lieben. Ich war nur ein Schild an der Straße, das ihm den Weg wies. Er war entzückend, und eine kluge Frau würde es bald merken. Ich sagte es ihm, als wir wieder unten im Café waren und er die Ladentür aufschloss. Nun konnte wieder jeder hereinkommen. Aber ich hatte immer noch nicht genug von seinem warmen, braunen Haar. Ich konnte nicht aufhören, mit der Hand hindurchzufahren, und vor der Espressomaschine küsste ich ihn ein letztes Mal, ein richtig langer Kuss. Er war ein begabter Küsser. Dabei streifte ich meinen Aquamarinring vom Finger und ließ ihn in seine Tasche gleiten. Ich wusste gar nicht mehr, wer ihn mir geschenkt hatte. Er aber würde sich erinnern. Er würde ihn als Talisman behalten.

Als der erste Gast eintrat, jung, jünger als ich, eilig und wichtig, lieh ich mir das Handy von Marius und wählte eine Nummer, die ich noch im Kopf hatte. Allerdings musste ich sie aus meinem Gedächtnis hervorziehen wie einen schweren, rostigen Anker. Die Stimme auf der anderen Seite war mir ebenfalls vertraut, und aus irgendeinem Grund erfüllte sie mich plötzlich mit einer ungeheuren Erleichterung. Mein Vater erkannte mein »Hallo?« sofort. Er sagte: »Du bist nach Hause gekommen, nicht wahr? Wir haben auf dich gewartet.«